書下ろし

長編時代小説

地獄宿

闇の用心棒

鳥羽　亮

JN266500

祥伝社文庫

目次

第一章　四五九夜《じごくや》

1

仕舞屋《しもたや》の枝折《しお》り戸を押すと、こんもりと茂った稲荷《いなり》の杜《もり》が見えた。杜は黒々とした闇を宿していたが、空はうっすらと明らんでいた。寅《とら》ノ下刻《げこく》（午前五時前）ごろであろうか。払暁まではまだ間がありそうである。

伊之助《いのすけ》はふところ手をして通りへ出た。通りといっても、掘割沿いの細い路地である。道筋はほんのりと明るんでいたが、掘割はまだ夜陰につつまれていた。川面は闇にとざされ、足元の汀《みぎわ》に寄せる水音がかすかに聞こえてくるだけである。

季節は春。初午《はつうま》を過ぎて三日目だった。水面を渡ってくる風には肌を刺すような冷たさがあったが、伊之助の火照《ほて》った肌にはそれがかえって心地好かった。

川風が心地好かったのは、他にも理由があった。ふところが温《あたた》かかったのである。

伊之助は、昨日の夕方からついさっきまで楢熊《ならくま》の賭場で博奕《ばくち》を打っていたのだが、めずらしくついて、ふところには五両の余があった。これだけの金があれば、当分遊んで暮らせる。

長い時間座ったままだったので、体の節々が痛み、背中や首筋がつっ張ったように固くなっていたが、気分は悪くなかった。

伊之助は、雪駄《せった》を鳴らしながら肩で風を切って歩いていた。しばらく歩くと、掘割の先に橋が見えてきた。稲荷につづく橋で稲荷橋とよばれている。その前方に、稲荷橋と折り重なるように大きな橋桁が見えた。

千住《せんじゅ》街道にかかる鳥越橋《とりごえ》である。日中なら千住街道は大勢の通行人でにぎわい、橋上にも多くの人影が見えるのだが、いまはひっそりとして薄闇のなかに黒い欄干が見えるだけである。

稲荷橋のたもとを一町（約一〇九メートル）ほど過ぎたとき、伊之助は背後に足音を聞いた。振り返ると、町人体《てい》の男がふたり、足早にこっちへむかって歩いてくる。ふたりとも着物を尻《しり》っ端折《ぱしょ》りし、黒っぽい半纏《はんてん》を風になびかせていた。

朝の早いぼてふりや職人でも、仕事に行くには早すぎる。遊び人か地まわりか。まっとうな男たちでないことはたしかだ。

——ふところの金を、狙《ねら》っているわけじゃァあるめえなァ。

伊之助の胸に不安が込み上げてきた。

楢熊の手下が博奕で勝った五両余の金を取り返しにきたのではあるまいか、と伊之助は思ったのだ。

伊之助は足を速めた。だが、後ろからくるふたりとの間はひろがらなかった。背後のふたりは小走りになっていた。ひろがらないどころか、間隔はつまってきて、もう半町ほどしかない。

新堀《しんぼり》にかかる橋を渡ると、千住街道を隔《へだ》てたむこうに浅草御蔵《あさくさおくら》の数棟の米蔵が正面に見えてきた。鳥越橋のたもとはすぐ目の前である。

伊之助は走り出した。いくらなんでも、御蔵前の街道上で襲うことはあるまいと思ったのである。

伊之助は走ったまま街道へ出た。だいぶ空は明るくなってきたが、人影はまったくない。通りに面して十蔵造りの表店《おもてだな》が並んでいた。街道はうっすらと白んでいたが、表店は板戸をしめたままで、まだ軒下や物陰は夜陰につつまれている。街道沿いの町は、まだ眠りのなかに沈んでいた。

鳥越橋を渡りかけたところで、伊之助は足をとめ、後ろを振り返って見た。

だれもいなかった。後を追ってきたのなら、もう街道へ出てもいいころだが、ふたりの姿はなかった。

――なんでえ、気のせいかい。

伊之助は、ほっとした。急に気がゆるみ、腹からおかしさが込み上げてきた。

へらへらと笑いだした。考えてみれば、勝ったといってもたかだか五両の余である。何十両という大金ならともかく、五両ほどの金を賭場の者が取り返しにくるはずはなかった。

勝負の額にもよるが、十両、二十両もの大金を手にして帰る者もいるのである。いちいち博奕に勝った客を襲って取り返していたのでは、すぐに賭場の客はいなくなってしまうはずだ。

――おれも肝っ玉がちいせえぜ。

伊之助は、ふだん滅多に手にしたこともない大金をふところに入れているので、臆病になっているのだろうと思った。

神田川《かんだ》につきあたり、浅草御門の前を左手にまがった。前方に神田川にかかる柳橋《やなぎばし》が見えてきた。その先に、大川の川面が見えた。滔々《とうとう》とした流れが、家並のむこうにひろがっている。

空の明るさを映して、にぶい銀色にひかる川面が盛り上がっているように見えた。町筋は静寂につつまれているせいか、川の流れの音が低い地鳴りのように聞こえてくる。

そのとき、伊之助は異質な音を背後に聞いた。

——やつらだ！

振り返ると、掘割沿いの通りで見たふたりの男が駆けてくる。黒半纏をひるがえして走ってくる姿が、黒い巨鳥のように見えた。

伊之助は弾かれたように駆けだした。ふたりが伊之助を狙っているのはまちがいなかった。どういう道筋をたどって尾《つ》けてきたのか分からないが、千住街道を避けて伊之助が脇道に入るのを待っていたようである。

——この金は、おれのものだ。

と、伊之助は思った。

ふところの金を着物の上から押さえて、伊之助は懸命に走った。ここは逃げるしか手はなかった。左手は神田川の土手、右手は雨戸をしめた小体《こてい》な店が並んでいた。人影はまったくない。

ふたりの男との間はすこしずつひらいてきた。伊之助の足は、背後のふたりより速かったのだ。

が、一町ほど走ったとき、伊之助の足がとまった。前方の路地木戸から、人影が行く手を塞ぐように通りへ出てきたのだ。

牢人《ろうにん》体だった。総髪で、大刀を一本落し差しに差していた。顔の表情は分からなかったが、痩身で面長《おもなが》の男である。

伊之助はすばやく左右に目をやった。右手は表店が軒を並べ、左手は神田川の岸辺だった。近くに、逃げ込むような路地はなかった。後ろからのふたりも、間近に迫っている。

「お、おれに、何か用かい」

伊之助は声を震わせて、近寄ってきた牢人に訊《き》いた。

歳は三十半ば、前髪が顔に垂れ、細い切れ長の目をしていた。牢人は、三間（約五・四メートル）ほどの距離をとって足をとめた。のっぺりした表情のない顔をして、無言のまま伊之助を見つめている。

「用があるから、追ってきたのよ」

背後で、凄味のある声がした。

振り返ると、町人体の男がふたり立っていた。声をかけたのは浅黒い肌をした大柄な男である。四十がらみ、目付きの鋭い剽悍《ひょうかん》な顔をしていた。もうひとりは、頬《ほお》のこけた目の細い男だった。無宿人か、博奕打ちか。ふたりとも血走った目をして、身辺に荒《すさ》んだ雰囲気をただよわせていた。

逃げられねえ、と、伊之助は思った。三人が三方を取り囲んでいた。

「か、金か、金ならやる」

伊之助は、ふところから巾着《きんちゃく》をつかみ出した。

その手が顫《ふる》えていた。恐怖が伊之助をつつんでいた。足がしっかり地についていないような気がした。胸の動悸が激しくなり、頭のなかを何かが駆けめぐっている。

「大金を持ってるようだな。博奕に勝ったのかい」

四十がらみの大柄な男の口元に嗤《わら》いが浮いた。

だが、目は嗤っていなかった。底びかりのする目で伊之助を見つめている。

伊之助は、賭場から尾けてきた楢熊の手下ではないと察知した。伊之助が博奕で勝った金のことは知らないのだ。

「か、金じゃァねえのか……」

伊之助は顫えながら川岸の方に後じさった。

すると、牢人がスッと背後にまわり込んできた。伊之助が川へ飛び込むのを、防ごうとしたようだ。

「金もいただくが、その前におめえ《めえ》の命よ」

そういって、大柄な男がふところから何か取り出した。

匕首《あいくち》だった。刃先が、皓《しろ》くひかった。

それを目にした瞬間、伊之助は喉のひき攣《つ》ったような悲鳴を上げて、弾かれたように左手に突進した。そこに頰のこけた顔の男が立っていた。伊之助は、その男を突き飛ばして逃げるしかない、と頭のどこかで思ったのだ。

だが、突進してきた伊之助の胸に、頰のこけた顔の男が肩口でぶち当たった。反動で、伊之助の体が後ろへ大きくよろめいた。

「死ね」

背後で牢人の声が聞こえた。

刹那、伊之助は首筋に焼鏝《やきごて》を当てられたような衝撃を感じた。次の瞬間、首筋から熱い血が奔騰《ほんとう》した。

伊之助の意識があったのは、そこまでだった。

2

神田川の岸辺に人だかりがしていた。お店者《たなもの》、職人ふうの男、道具箱を担いだ大工、女子供も混じっていた。近所の者や通りすがりの野次馬らしい。そうした人垣のなかほどに、黒羽織に黄八丈を着流した八丁堀《はっちょうぼり》同心の姿もあった。その周囲に、数人の町方の手先らしい男が立っている。

四ツ（午前十時）ごろであろうか。神田川の川面が、春の陽射しを反射《はね》て金砂を撒《ま》いたようにかがやいていた。まだ若草の季節ではないが、川風のなかには春らしいやわらかさがある。その川風を浴びながら同心や手先たちは、足元の枯れ草のなかに日を落としていた。

叢《くさむら》のなかに横臥していたのは、伊之助である。首が横にかしぎ、横顔と肩口がどす黒い血に染まっていた。ひらいた傷口から、わずかに白い頸骨がのぞいている。周囲の叢にも、撒いたように黒ずんだ血が飛んでいた。

「旦那、辻斬りですかね」

初老の岡っ引きが、同心に声をかけた。

「そうかもしれねえ。……斬ったのは刀だ。後ろからバッサリ、一太刀だぜ」

同心は、死体のそばにかがみ込んで傷口を覗《のぞ》いていたが、十手の先で襟元をひらいて覗き込み、何も、持っちゃァいねえな、とつぶやいた。

「巾着ぐれえは、持ってたでしょうよ。殺《や》ったやつが、抜き取ったんじゃァねえんですかね」

と、初老の岡っ引きがいった。

「そうかもしれねえ。とにかく、死骸《ほとけ》がだれなのか、まず、それからだな」

そういって、同心は立ち上がり、周囲に目をやって苦々しい顔をした。川岸に集まった野次馬たちが、すぐ近くまで迫っていたのだ。なかには、町方の肩越しに死骸を覗き込んでいる者もいる。

同心が、そばにいた岡っ引きたちに、その前に、こいつらを下がらせろ、と命じた。

「おう、おう、見世物じゃァねえんだ。下がれ、下がれ」

初老の岡っ引きが、顔を赭《あか》く染めて声を上げた。

近くにいた数人の手先たちも両手をひろげて、追い散らすように野次馬たちを後ろへ下げた。野次馬たちは慌《あわ》てて岸辺から離れ、遠巻きになって町方たちの検屍や探索の様子を見ている。

その野次馬のなかに、昌造《まさぞう》という男がいた。二十歳前後、中背だが妙に手足が長く、すこし前屈みで歩く姿が猿のようであった。顔は丸顔で小鼻がはり、右頬に小豆《あずき》ほどの黒子《ほくろ》があった。

昌造は小半刻（三十分）ほど野次馬に混じって、町方の様子を見ていたが、すぐに、親分に報《し》らせなけりゃァ」とつぶやいてその場を離れた。

　昌造がむかった先は、深川吉永町《ふかがわよしながちょう》だった。木場で知られた地域で、材木置き場や木挽場《こびきば》などがやたら目につき、丸太の浮いた掘割や川もいたるところにあった。海がちかいせいもあって、風のなかには木の香りにまじって潮の匂いもする。

　昌造は仙台堀《せんだいぼり》にかかる要橋《かなめばし》を渡り、掘割沿いの小径へ出た。すこし歩くとその掘割にちいさな橋がかかっていた。その先に平屋造りの一膳めし屋がある。どういうわけか、店は奥に長い棟割り長屋のようになっていた。

　だれもが、こんな場所に一膳めし屋があってやっていけるのか、と訝《いぶか》しがるような寂《さび》しい地である。縄暖簾《なわのれん》を出した店先はひろい空地のようになっていて、枯れ草が茂り空樽や朽ちかけた空き箱などがころがっている。

　辺りは寂寞《せきばく》として人通りはほとんどないのだが、客はいるらしく店のなかからは男の胴間声《どうまごえ》や哄笑などが聞こえていた。

　この店は、極楽屋《ごくらくや》という。あるじの島蔵《しまぞう》が洒落《しゃれ》でつけた屋号である。

　昌造は極楽屋の縄暖簾を手で撥ね上げ、店のなかへ駆け込んだ。うす暗い店内で、五、六人の男が飯台の空樽に腰を落として飲んでいた。素肌の上にどてらを羽織った赭黒《あかぐろ》い顔の男、二の腕から入墨が覗いている男、隻腕の男、牢人体の男……。いずれも一癖も二癖もありそうな連中ばかりである。

どうやら、ただの一膳めし屋ではないようだ。

あるじの島蔵は一膳めし屋の他に、口入れ屋もやっていた。口入れ屋は下男下女、中間《ちゅうげん》などの斡旋業だが、こんな辺鄙《へんぴ》な場所で商売になるはずはない。島蔵がやっているのは、口入れ屋といっても、普通の店とはちがう。危険な普請《ふしん》の人足、代理の借金取り、やくざ者や徒牢人《いたずらろうにん》が相手の強請《ゆすり》や脅しの交渉や談判、用心棒など、命賭けの仕事だけを引き受けて男たちを派遣していた。

そういう仕事をまっとうな男がやるはずはない。島蔵が斡旋するのは、無宿人、入墨者、地まわりなど、世間では受け入れてもらえない者たちばかりである。そういう塒《ねぐら》もない連中を、ただ同然で裏の長屋に住まわせておき、仕事を世話していた。一膳めし屋はそうした連中の飲み食いの場所でもあったのだ。

そのため、土地の者はこの店を地獄屋、そして裏の長屋を地獄宿と呼んで恐れ、まったく寄り付かなかった。

そして、島蔵にはもうひとつ裏の顔があった。金ずくで殺しを請け負う「殺し屋」の元締めである。

深川、本所《ほんじょ》、浅草の闇の世界で、この世に生かしておけねえやつなら、地獄の閻魔《えんま》に頼め、とひそかにささやかれていた。地獄は地獄屋、閻魔は島蔵のことである。島蔵の目のギョロリとした赤ら顔が、閻魔に似ていたのである。

「昌、どうしたい？」

二の腕に蛇の入墨のある男が訊いた。この男、地獄宿に住む権助《ごんすけ》という無宿人である。

「お、親分は」

昌造が声をつまらせて訊いた。親分というのは、この店のあるじの島蔵である。ここにたむろしている連中は、島蔵のことを親分とか親父《おやじ》さんと呼んでいた。

「板場にいるぜ」

「お、親分」

昌造が慌てて板場へ行こうとして、空樽につまずいた。転がった空樽は飯台の足に当たってとまったが、その音を聞きつけて、板場から島蔵が顔を出した。

「どうした、昌、やけに慌ててるじゃァねえか」

島蔵は煮染《にしめ》たように汚れた前垂れの隅で、濡れた手を拭きながら出てきた。歳は五十二、三、大柄で赤ら顔、牛のように大きな目をした男である。

「お、親分、大変《てえへん》だ。伊之助が殺《や》られちまいやした」

昌造がこわばった顔でいった。

「なに、伊之助が殺られただと」

島蔵が声をあげた。

その声に、店内にいた荒くれ男たちの私語がやみ、顔がいっせいに島蔵と昌造の方にむいた。

「だれに殺られたんだ」

「分からねえよォ」

「気を鎮めて、始めから話してみろ」

「へ、へい。浅草からの帰《けえ》りのことで。柳橋ちかくの神田川の岸に人だかりがしてやしてね。あっしは気になって覗いてみやした。するってえと、伊之の野郎が倒れてやしたんで」

昌造はそのときの様子を吶々《とつとつ》と話した。ただ、声だけは大きく、店にいた男たちの耳にもとどいた。

すると、飯台の隅でひとりで飲んでいた牢人体の男が昌造のそばに来て、

「伊之助の傷を見たか」

と、くぐもった声で訊いた。

この男は相模伝十郎《さがみでんじゆうろう》という。上州から流れてきた牢人で、半年ほど前から裏の地獄宿に住みついていた。歳は三十半ば、面長で顎が大きく月代《さかやき》や無精髭がだらしなく伸びて、いかにも貧乏牢人という風体だった。ただ、首や腕が太く腰がどっしりとして、武芸で鍛《きた》えた体であることは見てとれた。

「へい、後ろからバッサリ、一太刀で」

昌造は同心の口にしたことを、そのままいった。

「元締め、これで、ふたり目だぞ」

相模が島蔵の方に顔をむけていった。

「そういえば、塚六《つかろく》も刀で殺られてたな」

島蔵が、ギョロリとした目で虚空を睨みながらいった。口がへの字にまがり、怒りと疑念の入り交じったような顔をしていた。

塚六という男も、地獄宿を塒にしていた男で、十日ほど前に本所の竪川《たてかわ》の岸辺で何者かに斬り殺されていたのだ。

「つづけてふたりとなると、辻斬りや追剝ぎに殺られたんじゃァねえな。うちの者を狙ってるようだが、だれが、何のために……」

島蔵は首をひねった。

地獄宿に住む者に、まっとうな男はいなかった。喧嘩《けんか》や事故で死んだのなら分かるが、ふたりつづけて刀で斬殺されたとなると、ただごとではない。

いっとき、沈黙が店内をつつんでいたが、

「それにしても、伊之のやつ、なんで、柳橋なんぞに行ってたんでえ」

島蔵が男たちに目をやりながら訊いた。

「博奕だと思いやすぜ。裕三《ゆうぞう》が、兄《あに》いは金を手にすると元鳥越町の賭場へ行くことが多い、といってやしたから」

そういったのは、権助だった。

裕三というのは、伊之助の弟だった。やはり、極楽屋の裏の地獄宿に住んでいるが、今日は木場の材木運びの手間賃稼ぎに出ていた。

「元鳥越町といやァ、楢熊の賭場か……」

そうつぶやくと、島蔵は思案するように足元に目を落としたが、いっときすると、その顔に憤怒のような表情が浮いてきた。

3

安田平兵衛《やすだへいべえ》は、左足で踏《ふ》まえ木をしっかりと踏み、研ぎ桶から手で水をすくって伊予砥《いよと》（伊予から産出される砥石）にたらした。そして、砥面に刀身を当てると、右手を添えて力を込めて研ぎ始めた。

砥面に当てた刀身を水平に動かし、押す力を主にして引くときは力を抜く。ひと押しごとに、砥面に赤茶けた錆《さび》が流れ出し、刀身の澄んだ地肌が顔を出す。

平兵衛は刀の研ぎ師だった。刀はだいぶ錆びていたが、長曽祢興正《ながそねおきまさ》の鍛刀だった。興正は大業物《おおわざもの》で知られた虎徹《こてつ》の養子で、作柄がよく似ていた。ただ、虎徹ほどの地肌の冴《さ》えがない。それでも、平兵衛のような名のない研ぎ師には、滅多にお目にかかれない名刀だった。

近所に住む御家人が、平兵衛が研ぎ師であることを知って、納戸《なんど》に放置してあった刀の研ぎを依頼してきたのである。

まず、平兵衛は錆を落とし、刃欠《はか》けをとって刃を合わせる下地研ぎに取りかかっていた。下地研ぎは出来栄えを左右する大事な工程であった。平兵衛は気を鎮めて、丹念に研いでいた。半刻（一時間）ほどすると、平兵衛の額に汗が浮き、頬をつたった。

平兵衛は五十七歳だった。顔の肌は艶《つや》を失い、老人特有の肝斑《しみ》も浮いている。鬢《びん》は白髪まじりで小柄な体の背はすこしまがっていた。どこから見ても頼りなげな老人である。

ただ、若いときに武芸で鍛えたらしく、刀身を握った両腕は太く、ひと押しする度に鋼《はがね》のような筋肉が浮き上がった。首も太く、胸も厚かった。

いま、平兵衛は本所相生町《あいおい》の庄助長屋《しょうすけながや》で研ぎ師として細々と暮らしているが、十年ほど前までは牢人で、剣に頼って生きていたのである。

「父上、お茶を淹《い》れましょうか」

土間の隅の流し場で、洗い物をしていたまゆみが声をかけた。

まゆみは十七歳になる平兵衛のひとり娘だった。平兵衛の妻のおよしが十年ほど前の夏に病死してから、父と娘ふたりだけの暮らしがつづいている。

まゆみは、幼いときから武家の娘として育てられたせいか、長屋暮らしがつづくようになってからも、言葉遣いは武家のままだった。

「そうだな、ひと休みするか」

平兵衛は濡れた刀身を乾いた布で拭き、脇へ置いて立ち上がった。

庄助長屋は、入口の土間につづいて八畳の座敷があるだけである。その座敷の北側の三畳ほどを板張りにし、屏風《びょうぶ》でかこって仕事場にしてあった。

その屏風の間から座敷へ出ると、平兵衛は上がり框《かまち》に腰を下ろして、まゆみの淹れてくれた茶をうまそうにすすった。

「父上、風間《かざま》さまのお仕事は、まだかかるんでしょう」

まゆみは、平兵衛の脇に腰を下ろして訊いた。

風間欣次郎《きんじろう》は、長曽祢興正の刀の研ぎを依頼した御家人である。七十石で、御納戸《おなんど》同心と聞いていた。まゆみも、長屋を訪ねてきた風間と会っていたので、そのことは知っていたのだ。

「やっと、下地研ぎにかかったところだよ。まだ、これからだ」

そういって、平兵衛は凝《こ》った背筋を伸ばすように両手を突き上げた。

その手を下ろしたとき、入口の障子のむこうに足音がし、人影が映った。だれか来たようである。

「安田さん、片桐《かたぎり》です」

戸口のむこうで若い男の声がした。片桐右京《うきょう》だった。

脇に腰を下ろしていたまゆみが慌てて立ち上がり、島田髷《しまだまげ》に手を当ててほつれ毛を直した。頬が上気したようにかすかに赤らんでいる。

「入ってくれ。いま、お茶を淹れたところだ」

平兵衛が声をかけると、障子があいた。

右京は羽織袴姿で二刀を帯びていた。御家人か、江戸勤番の藩士といった感じのする若侍である。歳のころは二十四、五。白皙《はくせき》で端整な顔立ちだが、憂いをふくんだような翳《かげ》がある。

「刀の研ぎを頼みにきました」

片桐は刀を鞘ごと抜いて、上がり框に腰を下ろした。右京は御家人で刀槍の蒐集《しゅうしゅう》家ということになっていたが、その実、島蔵のところへ出入りする「殺し人」である。

「片桐さまにも、お茶をお淹れしますから」

まゆみは、右京と顔を合わせるのが恥ずかしいのか、頬を染めたまま慌てて流し場の方へいった。

まゆみは、ときどき長屋に顔を見せる右京のことを好いているようだが、その思いは胸の内にひめたままで、ふたりだけで顔を合わせるのを避けるようにしていた。むろん、右京の裏稼業のことは知らない。

平兵衛は右京がまゆみの淹れた茶を飲み干すのを待って、

「どうです、すこし歩きながら刀の話でもしますか」

といって、外へ誘った。

右京が刀研ぎの依頼にきたのでないことは、顔を見せたときから分かっていた。平兵衛に何か伝えることがあって、訪ねてきたのである。

長屋から出たふたりは、竪川沿いの通りを両国《りょうごく》方面に歩きながらたわいもない世間話を始めた。人通りが多く、地獄屋にかかわる話はできなかったのである。

平兵衛は紺の筒袖にかるさん姿。すこし背のまがった老爺と背のすらりとした若者が連れ立って歩く姿は、隠居した父とその倅《せがれ》のようにも見えた。

「それで、話というのは」

竪川にかかる一ツ目橋のたもとを過ぎ、人通りがまばらになったところで、平兵衛が訊いた。

「昨夜、極楽屋に行きましてね。元締めから話を聞いたのですが、伊之助が殺されたそうですよ」

右京は抑揚のない声でいった。この男、いつも冷ややかな顔をしていて、滅多に表情を変えたことがなかった。

「伊之助がな。それで、相手は」

「分からないようです。ただ、後ろから袈裟に一太刀だそうです」

「すると、塚六とふたり目か……」

平兵衛は斬殺された塚六の死体を見ていた。

殺害現場が庄助長屋のちかくの竪川縁《べり》だった。長屋の者たちが騒いでいたので、見にいったのである。

塚六は首筋を斬られていた。やはり、一太刀で首が截断されるほどの強い斬撃だった。

その刀傷を見た平兵衛は、剛剣の遣い手と読んでいた。

「斬ったのは、同じ者かもしれんな」

「ええ」

右京は、他人事《ひとごと》のようにいった。

「それで、元締めは」

平兵衛が訊いた。

平兵衛の表の顔は研ぎ師だったが、右京と同様に殺し人の裏の顔をもっていたのである。しかも、闇の世界では人斬り平兵衛と恐れられた凄腕の殺し人だった。

ただ、ひとり娘のまゆみが物心ついたときから、老齢で体が動かなくなってきたのを理由に殺し人の足を洗い、ここ十年ほどは研ぎ師として生きてきた。そのため、昔のような凄味はまったく感じられなくなっていた。

「ともかく、相手はだれなのか、地獄宿の者を使って探っているようですよ」

「そうだろうな」

地獄宿の住人をふたりも殺され、島蔵としては黙っていられないだろう。

「それに、相模さんが動いているようです」

「相模さんがな」

平兵衛は相模伝十郎のことを知っていた。出自は分からないが、半年ほど前から地獄宿に住みついた牢人で、上州中山道《なかせんどう》沿いで博奕打ちの用心棒などをやって生きてきた男である。上州で盛んな馬庭念流《まにわねん》の遣い手だった。それに長年修羅場を生きぬいた者らしく、真剣勝負の駆け引きも身につけていた。

「それで、安田さんはどうします？」

右京がすこし足を遅くして訊いた。

「どうするとは」

「元締めから、話はないのですか」

「ない。相模さんだけでじゅうぶんということなのだろう」

相模の腕のほどは、右京も知っていた。

「わたしには、相手が分かり次第手を貸してくれ、といったんですがね。まァ、ちょうど極楽屋に顔を出したからなんでしょうが」

右京は、わたしもしばらく様子を見ることにしましょう、といって、その話を打ち切った。どうやら、島蔵から平兵衛のところへ殺しの依頼が来たかどうか訊きにきたらしい。

「いま、興正の研ぎにかかっているのでな。しばらく、それに専念したい」

平兵衛の本音だった。できれば、殺しの殺伐《さつばつ》とした世界から離れていたいのである。

右京は、今度金が入ったら虎徹でも買いましょうかね、と冗談をいって、別れた。右京の住む長兵衛《ちょうべえ》長屋は神田岩本《いわもと》町にあった。両国橋を渡った先である。

4

相模伝十郎は、浅草元鳥越町の稲荷橋のちかくにいた。そばに、裕三と権助がいた。三人は、掘割沿いの椿の樹陰《こかげ》に身をひそめていた。辺りを夜陰がつつんでいる。町木戸のしまる四ッ(午後十時)を過ぎていた。頭上で十六夜の月が皓々《こうこう》とかがやいている。

掘割沿いの通りはひっそりとして、人影はまったくなかった。わざわざ樹陰にひそむこともなかったのだが、念のため身を隠していたのである。

「まちがいなく、千次《せんじ》という男は来るのだな」

相模が念を押すように訊いた。

「へい、まちがいありやせん。やつは、四ツ刻《どき》になると、一杯ひっかけに賭場から出てきやすんで」

権助が、くぐもった声で答えた。

伊之助が、斬殺されて半月ほど過ぎていた。この間、島蔵は楢熊の賭場を探れば何か出てくるはずだ、と睨み、地獄宿を塒《ねぐら》にしている連中を使って探りを入れていた。その結果、伊之助は元鳥越町の賭場を出た後、殺されたことが分かった。しかも、その夜、伊之助は博奕に勝って五両以上の金を持っていたらしいのだ。袖の下を使って岡っ引きから話を聞くと、殺された伊之助はその金を持っていなかったという。

島蔵は楢熊に対する疑念を深くした。

楢熊というのは、楢屋熊五郎《ならやくまごろう》という浅草、下谷《したや》、両国あたりを縄張《しま》にしている博奕打ちの親分だった。もともと、楢屋という口入れ屋をしていたのだが、旗本の中間などを斡旋するうち、中間部屋に立つ賭場に顔を出すようになり、そのうち自分が貸元となって賭場をひらくようになったのである。

島蔵とはあまりうまくいっていなかった。一度、島蔵の斡旋した男が楢熊の手下と喧嘩になり、出入り寸前までいったが、平兵衛たちが楢熊の用心棒を斬って手を引かせてことなきを得たこともあったのだ。

「楢熊の手下が、金を取り返そうとして帰り道で襲ったのかもしれねえ」

島蔵はそう読み、楢熊の手下をひとり捕まえて吐かせると、千次という男が伊之助の後を追うように賭場を出たことが分かった。千次は楢熊の片腕のような男だという。

すぐに、島蔵は権助たちに千次の動向を探らせた。

五日ほどすると、千次は元鳥越町の賭場にいることが多いことが分かった。しかも、賭場にきた日は、きまって黒船町にある瓢簞屋《ひょうたんや》という小料理屋に一杯ひっかけに行くというのだ。

「瓢簞屋には、千次のレコがおりやすんで」

権助は小指を立てて、口元に下卑た嗤いを浮かべた。

「そうか」

「千次を斬りますかい」

権助が目をひからせて訊いた。

「いや、千次を斬るのは吐かせてからだ」

相模はくぐもった声でいった。

伊之助と塚六を斬ったのは、まちがいなく武士だった。しかも遣い手である。千次は襲撃者の仲間だったかもしれないが、斬ったのは別人である。仲間の名を訊き出さないうちに斬ってしまっては、せっかく摑んだ糸が切れてしまうのだ。

「だ、旦那、千次が兄いの敵《かたき》と分かったら、あっしに殺《や》らせてくれ」

裕三が声を震わせていった。

裕三は十八歳、ひょろりとした長身の瘦せた男だった。いつも青白い顔をして、目ばかりひからせて歩いている。

兄の伊之助が殺された日、極楽屋に帰ってきた裕三は、仲間から話を聞いてひき攣《つ》ったような悲鳴を上げた。そして、親分の島蔵に必死に頼み込み、番屋に運ばれた伊之助の死体を引き取ってもらい、極楽屋の裏手の空地に埋めたのである。

裕三が生まれたのは、貧しいぼてふりの家だった。父母、兄弟の四人家族で、幼いころは貧しいながら幸せに暮らしていたが、裕三が七つの時に一家を不幸が襲った。父親が魚《うお》河岸《がし》で喧嘩《けんか》に巻き込まれ、それがもとで死んでしまったのだ。その後を追うように母が風邪をこじらせ急逝《きゅうせい》し、十四になる兄の伊之助と裕三だけが残された。

兄弟は生きるために必死だった。伊之助と裕三は、しじみや浅蜊《あさり》を採《と》って売り歩き、わずかな銭を得て食いつないだ。

そして三年程前、しじみを売りに来て極楽屋に立ち寄り、島蔵のすすめで地獄宿に住むようになったのである。

裕三にとって、兄の伊之助はただひとりの肉親だった。その兄が殺されたのである。裕三にとっては臓腑《はらわた》を抉《えぐ》り取られるような衝撃だった。

島蔵は、伊之助のことを店を手伝っていた身寄りのない者だと偽り、番屋の者や岡っ引きなどに多額の袖の下を使って伊之助の亡骸《なきがら》を渡してもらったのだが、金のことはおくびにも出さなかった。島蔵は、地獄宿に住む者たちを身内のように思っていたからである。

裕三は兄の死体を埋めると、敵を討つといって、夜もろくろく寝ずに元鳥越町の賭場や楢熊の身辺などを探り始めた。そして、権助とともに千次が賭場に出入りしていることや瓢箪屋に出かけることなどを摑んできたのである。

「旦那、来やしたぜ」

権助が声を殺していった。

見ると、賭場にしている仕舞屋の方からこっちにむかってくる提灯の明りが見えた。

「ふたりですぜ」

月明りもあったので、黒い人影がふたつ見えた。ひとりは町人体で、もうひとりは牢人ふうである。何か話しながら歩いてくる。

「どうしやす」

権助が訊いた。千次ひとりと思っていたのだ。

「ひとりは、楢熊の用心棒だろう。おれがやつを斬るあいだ、ふたりで千次を逃がさぬようにしてろ」

このとき、相模は賭場の用心棒ぐらい斬れるだろうと高を括《くく》っていた。

「承知しやした」

三人は樹陰に身をひそめて、ふたりの近付いてくるのを待った。

「まちげえねえ、提灯を持ってるのが千次だ」

裕三が喉のつまったような声でいった。体が顫え、ふたりを睨んだ目がつり上がっている。

提灯の明りに浮かび上がった千次は、頬がこけ目付きの鋭い剽悍な顔をしていた。もうひとりの牢人は総髪で面長、細い切れ長の目をした三十半ばの男だった。千次と牢人は、伊之助を襲った三人のうちのふたりである。

ふたりが、三人のひそんでいる椿の前に来たとき、相模が飛び出した。裕三と権助は掘割の土手沿いを走り、すばやくふたりの背後にまわり込んだ。

「だれでえ！」

千次が声を上げた。

「名無しだ」

いいざま、相模は抜刀した。

「地獄屋のやつらだな。こんなことだろうと思ったぜ。おめえたちが、おれの尻を嗅ぎまわっていたのは、先刻承知の上よ」

千次の口元にうす嗤いが浮いていた。

ふいに、千次が手にした提灯を上げてまわし始めた。何かの合図らしい。

5

「ちょうどいい。うぬも斬るつもりだったのだ」

牢人が抜刀した。表情のない顔をしていた。恐れも気負いもないようである。己《おのれ》の腕に自信があるのであろう。

牢人は腰を落とした低い下段に構えた。

相模との間合は三間の余、まだ斬撃の間からは遠かった。

相模は青眼《せいがん》に構えていた。隙《すき》のない構えで、牢人の喉につけた切っ先には鋭い威圧があった。その身辺に、多くの修羅場をくぐってきた凄味がただよっている。

対する牢人は腰を落とし右肩を前に出してやや半身になり、刀身を低く前に突き出すように構えていた。特異な下段といっていい。

その右肩に隙があった。踏み込んで振り下ろせば、斬れそうである。

——こやつの太刀筋が見えぬ。

相模の目に、牢人の右肩の隙は誘いのように映った。

迂闊に仕掛けられなかった。こうした特異な構えには、真剣勝負に威力を発揮する嵌《は》め手が多いのだ。

多くの修羅場をくぐってきた相模は、先《せん》を取って仕掛ける危険を察知した。

そのとき、千次の背後をふさいでいた権助が、

「旦那、きやがった！」

と、声を上げた。

足音がした。見ると、仕舞屋のある方から、ふたり駆けてくる。やはり、町人体と牢人ふうの男だった。ふたりとも大柄である。特に牢人は巨軀で、熊のような感じがした。すでに、牢人は抜刀してるらしく、月明りに刀身が皓《しろ》くひかっている。

——引かねば！

と、相模が思ったときだった。

つ、つ、と、牢人が踏み込んできた。すばやい寄り身だった。まだ、刀身を低く前に突き出すように構えている。右肩には、斬ってくれといわんばかりの隙があった。

そのまま牢人は、一気に斬撃の間境《まざかい》を越えた。

弾かれたように、相模の体が躍動した。

タアッ!

裂帛《れっぱく》の気合とともに、相模は牢人の右肩を狙って斬り下ろした。

斬った! と、頭のどこかで感じた。

が、次の瞬間、牢人は撥《は》ねるように上体を起こして右手へ跳んだ。相模の切っ先は牢人の肩口をかすめて流れた。

わずか、一寸だった。相模の刀身の伸びが足りなかったのである。

ふたりの体がすれちがう瞬間、相模は右腰のあたりに激しい衝撃を感じ、体が大きくよろめいた。

上体がかしいだ。下腹を抉《えぐ》られたようだ。痛みはほとんど感じなかった。体が勝手に動いた。

相模は反転して、構えなおそうとした。だが、体が思うように動かない。ふいに、腰が砕けたようになり、相模はその場に尻餅をついた。下腹から臓腑が溢れ出ている。立てない。牢人が刀身を振り上げて近寄ってきた。

「お、おのれ！」

声を上げて、相模は手にした刀で牢人の斬撃を受けようとしたが、腕が上がらなかった。

耳元で刃唸りを聞いた刹那《せつな》、相模の首筋から血飛沫《しぶき》が噴き上がった。

相模が斬られたのを目にした権助が、逃げろ！　と声を上げて、駆けだした。だが、裕三は逃げなかった。目の前に千次が立っていた。兄を殺した一味のひとりである。

千次は持っていた提灯を路傍に投げ、手に匕首を持っていた。燃え上がった提灯の火が匕首に赤く映じている。

「ちくしょう！」

叫びざま、裕三は匕首を腹の前に構え、体ごとつっ込んでいった。

裕三が体当たりする寸前、ひょいと千次が脇へ跳んだ。裕三の突いた匕首は、千次の横腹をかすめて着物を裂いただけだった。

裕三は勢いあまって前に泳いだ。何とか掘割の土手際で踏みとどまり、反転しようとしたとき、裕三の右腕に疼痛がはしった。

すぐ右脇に千次がいた。横に払った千次の匕首が、裕三の上腕の肉を抉ったのだ。

裕三は後ろに身を反《そ》らせながら、手にした匕首を千次の方にむけようとした。

「死ね！」

千次が叫びざま、突き当たってきた。

裕三の脇腹に衝撃がはしり、同時に後ろへ突き飛ばされた。いったん、裕三の体は空に浮き、掘割の土手の急斜面に尻から落ちた。そして、枯れた葦《あし》の茂みを転がって水のなかに頭からつっ込んだ。

いっとき、裕三は意識を失っていたらしい。おそらく数瞬であろう。気付いたとき、裕三は腰丈ほどの水につかり、葦につかまっていた。

ふいに、頭上の路上で、ギャッ、という絶叫が聞こえた。姿は見えなかったが、逃げ出した権助が、駆けつけた牢人に斬られたようだ。

裕三のすぐ頭の上で、土砂の崩れるような音がした。

だれか、土手の斜面を下りてくる。

――千次だ！

裕三を仕留めるつもりのようだ。

そのときになって、裕三を激しい恐怖が襲った。裕三は葦を手で払いながら、必死に掘割の深場へ逃れた。葦の群生する岸辺から出ると、水深は胸ほどになった。流れはゆるやかだった。裕三は手で水を掻きながら、下流へむかった。

「ひとり、逃げるぞ！」

千次が怒鳴った。掘割のなかへ飛び込むつもりはないらしく、慌てて土手を這い上っていく。

いっとき掘割を下ると、裕三は体を動かさずに流れにまかせ、水音を消した。裕三の姿は路傍からは見えないはずだった。水面は土手の陰になり、漆黒の闇につつまれていたのだ。

しばらく、千次たちは土手際を行き来して裕三の姿を探しているようだったが、やがてあきらめたらしく、その姿が見えなくなった。もっとも、そのとき裕三はかなり下流にいて、千次たちが探していた場所からは一町ほども離れていたのである。

裕三は濡れ鼠になって、土手を這い上がった。そのときになって、あらためて左の脇腹と右腕に痛みがあるのに気付いた。見ると、濡れた着物に血が染みている。脇腹はたいした傷ではないようだったが、腕の出血は激しく裂けた着物がどっぷりと血を吸っていた。

裕三は、左手で右腕の傷口を押さえながら、夜の帳《とばり》につつまれた江戸の町をよろよろと歩いた。

6

コトッ、と土間で音がした。何か投げ込まれたようである。

平兵衛は刀を研いでいた手をとめて刀身を脇に置くと、立ち上がって土間の方へ目をやった。

一尺ほど入口の腰高障子があいていて、陽が射し込んでいる。だれか、あけたらしい。半刻（一時間）ほど前、まゆみは裁縫を習いに行くといって出ていったのだが、そのとき障子はしめていったはずだ。

平兵衛は仕事場をかこっている屏風をずらし、土間へ行ってみた。土間に丸めた紙片が落ちていた。投げ文である。

平兵衛は拾い上げて、ひらいてみた。

――十八夜、笹《ささ》
とだけ、記してあった。島蔵からである。おそらく、島蔵の手下がまゆみのいないのを見て、投げ込んでいったのであろう。

十八は、四、五、九。地獄《じごく》屋の意味である。殺しの依頼だった。島蔵は殺しの依頼のときだけ、この符丁を使っている。

笹は笹屋というそば屋のことである。笹屋の主人の松吉《まつきち》は島蔵の息のかかった男で、殺しにかかわる密会に使われることが多かった。

平兵衛は紙片を丸めてふところにしまうと、研ぎかけの刀を片付けて長屋を出た。まゆみは、夕方まで帰ってこない。ひそかに出かけるには、ちょうどよかった。

陽はすこし西にかたむいていたが、まだ高かった。平兵衛は竪川沿いの道を西にむかい、一ツ目橋を渡って大川沿いの道に出ると、深川方面へ足をむけた。笹屋は深川海辺大工町の小名木《おなぎ》川にかかる万年《まんねん》橋のたもとちかくにある。

松吉に案内された二階の座敷には、三人の男がいた。島蔵、右京、それに孫八《まごはち》である。孫八は四十二、三、表向きは屋根葺き職人だが、その実匕首を巧みに遣う殺し人のひとりである。

「さァ、さァ、旦那、こっちへ」

島蔵は愛想笑いを浮かべて、平兵衛を上座に座らせた。気を遣って、年長者の平兵衛を立てたらしい。

平兵衛が腰を落ち着けていっときすると、松吉が酒と肴《さかな》を運んできた。平兵衛が来たら運ぶよう、頼んであったのだろう。

肴は鰈《かれい》の煮付けとてんぷらだった。小体《こてい》なそば屋にしては、いつもうまい肴を出してくれる。

「まァ、一杯」

島蔵が銚子を差し出した。

平兵衛が杯の酒を飲み干したところで、

「実は、相模の旦那が殺られちまいましてね」

と、島蔵が急に声を低くしていった。平兵衛を見つめた牛のような大きな目に、怒りと苛立ちの色があった。

「なに、相模さんが……」

平兵衛は驚いた。長い付き合いではなかったが、相模の腕のほどは知っていた。実戦で身につけた馬庭念流の遣い手だった。そこらの徒《いたずら》牢人ややくざ者に後れをとるような腕ではない。

「いっしょにいた権助も殺られちまいやして。……裕三だけは堀に落ちたのが幸いして、命拾いしたようで」

島蔵は、その夜の様子を子細に話した。助かった裕三から詳しく聞いたらしく、相手の人数も身形《みなり》も分かっているようだ。

相模たちを襲ったのは四人。町人体の男がふたり、牢人ふうの男がふたりだという。相模を斬ったのは、痩身で総髪の牢人だそうである。

「町人体のひとりは、分かっておりやしてね。楢熊の片腕の千次ってえ野郎なんで」

「うむ……。やはり、楢熊の息のかかった連中か」

ふたりの牢人は、楢熊の用心棒であろうか。それにしても、腕の立つ者たちのようである。平兵衛は、容易な相手ではないと思った。

「それに、ひとりは奇妙な剣を遣うようですよ」

右京が口をはさんだ。

「奇妙な剣とは」

平兵衛は右京の方に顔をむけた。

「相模さんの傷口を見たんですがね。右の腰あたりから腹にかけて斬られたんですよ。わずかに斜に斬り上げています。払い胴ではないし、逆袈裟でもない」

めずらしく、右京の顔がすこしこわ張っていた。右京によると、ちかくに住む岡っ引きが話しているのを耳にし、住んでいる長屋からもそれほど遠くなかったので見にいったという。

「右腰をな」

胴よりも低いところから、斜に斬り上げるようだ。平兵衛も覚えのない剣だった。

「傷はそれだけだったのか」

平兵衛が訊いた。

「いえ、首筋にもありましたが、あれはとどめでしょう」

右京の顔はいつもの表情のない顔にもどっていた。

それで話がとぎれ、いっとき座敷は静まっていたが、

「それに、もうひとりの牢人も不気味でしてね。裕三によると、熊のような大きなやつだったといってましたぜ。楢熊は何人かの凄腕を雇って、地獄屋に仕掛けてきたのかもしれねえ」

島蔵が声を低くしていった。

「楢熊の狙いは何だ」

平兵衛が訊いた。

楢熊は博奕打ちだった。口入れ屋からは手を引いているし、殺しの仕事にも手を染めていない。縄張は島蔵と重なる地域もあるが、敵対する相手ではないはずである。以前揉め

たときも、栖熊の用心棒を斬ると、すぐに手を引いてしまったのだ。

「やつは、博奕のほかに手をひろげるつもりかもしれねえ。殺しはともかく、おれが請け負っている用心棒や借金取りなどの仕事を手下にやらせるつもりじゃァねえかな」

島蔵によると、塚六は料理茶屋の借金を集めにまわった帰りに殺されたという。

「そうか」

平兵衛はまだ腑に落ちなかったが、いまはあれこれ詮索するときではないという気がした。

「それで、三人にお願《ねげ》えしてえんだが」

そういって、島蔵はふところに手をつっ込み、手ぬぐいの包みを取り出した。包んであるのは金である。殺しの依頼料であろう。

それを膝先に置き、ひろげようとしたとき、

「待ってくれ」

といって、平兵衛がとめた。

「わしは見たとおりの老耄《おいぼれ》。相手も分からず、殺しを受けることはできぬ」

平兵衛は、困惑したように目をしょぼしょぼさせていった。

「そりゃァ分かってるが、これは手付け金でしてね。刀の研ぎ代は、旦那がその気になっ

たときに渡しますぜ」

島蔵は、平兵衛が殺しを引き受けると愛刀を研ぐことを知っていて、研ぎ代といって殺し料を渡していた。どうやら、島蔵は平兵衛が殺しを受けたときに別に殺し料を払うつもりのようだ。

島蔵は、片桐さんも孫八さんも、そのつもりで、といって、手ぬぐいをひらいた。切り餅がふたつと別に十枚の小判があった。都合六十両、手付け金は二十両ずつということらしい。

「それでいいぜ」

それまで黙っていた孫八が、島蔵から金を受け取った。

「わたしも、結構だ」

右京も承知した。

平兵衛は、相手によっては手を引くが、それでよいか、と念を押してから金を手にした。

平兵衛は、いつもそうだった。端から見ると、臆していると思えるほど慎重だった。斬れる、と踏んでからでないと殺しにかからなかった。その慎重さがあったからこそ、この歳になるまで殺しの稼業をつづけられたともいえる。

「さァ、それじゃァやってくれ」

島蔵は相好をくずして、三人の男たちに酒をついだ。

7

「父上、おしまさんから蕪《かぶら》をいただいたの。汁にいれましょうか」

流し場の竈《へっつい》の前に屈《かが》み込んでいるまゆみがいった。足元から白い煙が流れ出ていた。いま、焚《た》き付けたところらしい。

おしまというのは、同じ長屋に住む熊造《くまぞう》という大工の女房で、ときどき余り物の惣菜や野菜などを持ってきてくれる。

「そうだな。蕪汁はうまいからな」

座敷に寝転がっていた平兵衛は、身を起こしてまゆみに目をやった。

──女房のおよしに似てきたな。

と、平兵衛は思った。

まゆみは手ぬぐいを姉さんかぶりにして、吹き竹を吹いていた。火が燃え上がったらしく、色白のふっくらした頬や首筋が鴇色《ときいろ》に染まっている。どきり、とするような女らしさがあった。

子供だとばかり思っていたまゆみが、いつの間にか年頃の娘になり、およしと同じように家事いっさいを引き受けてくれていた。

平兵衛はまゆみの後ろ姿を見ながら、この娘《こ》だけは悲しい思いをさせたくないが、わしが殺しに手を染めていると知ったら、どんな顔をするだろう、と思った。

まゆみは、平兵衛のことを研ぎ師としてすこしも疑っていなかった。平兵衛も、まゆみの前では殺し人の顔をまったく見せていない。

――だが、研ぎ屋だけでは暮らしていけぬからな。

貧乏長屋に刀の研ぎを頼みにくる者など滅多にいなかった。風間のような依頼は、一年に一度あるかないかだった。父と娘だけの質素な暮らしでも刀の研ぎ代だけでは足りず、殺しで得た金を研ぎ代だと偽って、小出しに使っているのが現状だった。

「父上、片桐さまの刀も研ぐんでしょう」

まゆみが吹き竹を口から離して訊いた。

右京のことが気になっているようである。一昨日、右京が刀の研ぎを頼みにきたと口にしたので、そのことを訊いたらしい。

「ああ、小刀だそうだよ」

平兵衛は適当にいいつくろった。

「刀を置いていかなかったけど、また、見えるの」

「そ、そうだ。ちかいうちに来るといってたな」

思わず、平兵衛は口ごもった。そういえば、右京は刀の研ぎを頼みにきたといっておきながら、肝心の刀を置いていかなかった。まゆみは、右京のことが気になって目を配っていたのだろう。

「いつ、かしら」

まゆみが、平兵衛の方に顔をむけた。

ちいさな鼻の頭が、黒くなっていた。吹き竹を竈につっ込んだとき、煤《すす》がついたらしい。

「その顔だと、片桐さんに笑われるな」

平兵衛が口元をほころばせていった。

「どうして？」

「煤で、鼻の頭が真っ黒だ」

平兵衛がおかしそうにいうと、

「あら、やだ」

まゆみは立ち上がり、流し場の小桶に水を汲んで、慌てて顔を洗った。

右京の話は、それで立ち消えになった。


翌朝、陽がだいぶ高くなってから、平兵衛は研ぎ上がった興正を持って長屋を出た。まゆみには、すこし遅くなる、といっておいた。風間邸に刀を届けた後、深川へまわり極楽屋にいってみるつもりだった。

平兵衛は相模を斬ったという牢人のことが気になっていた。いや、牢人というより牢人の遣った剣といった方がいい。

腰のあたりから斜に斬り上げる剣。特異な剣といっていい。それも遣い手の相模を一太刀で仕留めるような剣である。

その太刀筋が分からないことには、相手の正体が知れても仕掛けられないと思っていた。

——裕三に訊けば、何か分かるかもしれぬ。

と、平兵衛は思ったのだ。

長屋を出て武家屋敷のつづく通りを二町ほど歩いたときだった。何気なく振り返ると、町人体の男が半町ほど後ろを歩いてくる。

——あやつ、表通りへ出たときも見かけたが。

平兵衛が、その男を目にするのは二度目だった。雪駄《せった》履きで、肩を振るようにして歩いてくる。格子縞の袷《あわせ》を裾高に尻っ端折りしていた。博奕打ちか、遊び人のような荒《すさ》んだ感じがただよっている。四十がらみ、大柄で肌の浅黒い男だった。

——わしを尾《つ》けているのかもしれぬ。

と、平兵衛は思った。まっとうな男ではないようだ。

尾けているなら、楢熊の手先であろうか。平兵衛はすこし足を速めた。風間邸の門前で、それとなく後ろを振り返ると、男は板塀の陰に身を寄せて、こっちをうかがっていた。やはり、尾けてきたようである。

平兵衛は屋敷にいた風間に興正を渡し、しばらく刀の手入れ法などを話してから辞去し、門の陰から通りに目をやった。男がまだいれば、そのまま長屋へもどるつもりだった。平兵衛は無腰だった。極楽屋への道すがら、相模を斬った牢人にでも襲われたら太刀打ちできなかったからである。

だが、町人体の男の姿はなかった。平兵衛は尾行に気をくばりながら、極楽屋へつづく掘割にかかる橋を渡った。それ以後、男の姿は見かけなかった。風間邸に入ったのを見て、尾行をあきらめたのだろう。

陽は西にかたむき、裏手にある乗光寺《じょうこうじ》の杜が長い影を伸ばし、極楽屋と裏手につづく地獄宿をつつんでいた。

春とは思えないような冷たい風が吹いていた。店の前の空地の枯れ草が、寒風に震えながら物悲しい音をひびかせている。

店のなかから、くぐもったような男の声がした。客はいるらしいが、いつものような活気はなかった。

平兵衛は縄暖簾をくぐって、店に入っていった。

「これは、旦那、お久しぶりで」

飯台で飲んでいた与吉《よきち》という男が声をかけた。

与吉は博奕打ちくずれだった。二十代半ばの痩せた男で、いつも野犬のような殺気だった目をしていた。もうひとり飲んでいた。赤銅《しゃくどう》色の肌をした男で、顎に刃物の傷跡がある。蓑造《みのぞう》という男で、元左官だったという。

ふだんは、五、六人たむろしているのだが、伊之助たちが殺されたので、長屋に住む者たちも酒を飲む気になれないのだろう。

「親父さんはいるかな」

「おりやすぜ」

蓑造が立ち上がって、親分、相生町の旦那がみえやしたぜ、と板場の方へ声をかけた。

いっときすると、島蔵が前垂れで手を拭きながら姿を見せた。濡れた手が赤くなっている。料理の仕込みでもやっていたようだ。

「旦那、一杯やりますかい」

島蔵は平兵衛の顔を見て目を細めた。

「いや、その前に、裕三から話が聞きたいのだがな。いるかな」

「いると思いやすが、ここにいねえとなると……」

そういって、島蔵が店内を見まわすと、

「裕三なら、家の脇の堀のそばにいやしたぜ」

と、蓑造が赭黒い顔をむけていった。

極楽屋は正面と左手に掘割がとおっていた。家の脇の堀とは、左手の掘割のことである。

「すぐに、呼んでさやすぜ」

といって、店を出ようとした島蔵を平兵衛がとめ、

「いや、わしが行く」

といって、店を出た。

家の左手が厠《かわや》と芥溜《ごみため》になっていて、いやな臭いがした。芥溜のなかには色の変わった野菜や魚の骨、瀬戸物のかけらなどが捨ててあった。

その前に、裕三がいた。右腕を分厚く巻いた布が、血でどす黒く染まっていた。屈み込んで空樽のなかを覗いている。

「何がいるんだ」

平兵衛は空樽のなかを覗いてみた。

亀がいた。掌《てのひら》ほどの亀が首を伸ばして、樽の底を這いまわっている。裕三は餌をやっていたらしい。裕三の左掌のなかに、細いみみずがいた。

「亀か」

「へえ、兄いが飼ってたやつでしてね。かわいそうだから、あっしが代わりに面倒をみてやってるんで」

平兵衛を見上げた目の縁が黒ずんでいた。寒いのか、蒼ざめた頬や首筋に鳥肌が立っている。ひどく痩せて衰弱しているように見えたが、双眸は追いつめられて牙を剝いた獣のようなひかりを宿していた。

「怪我をしたそうだな」

「へい、腕と腹をやられやした。腹の方はてえしたこたァねえが、まだ、右の手は動かせねえんで」

「そのことで、訊きたいことがあってな」

「あっしも、旦那に頼みがありやす」

裕三は声を強くしてそういうと、掌のみみずを樽のなかに落として立ち上がった。痩せた長身が、骨張って見えた。

「なんだ」

「兄いの敵を討ちてえ」

裕三は目をつり上げ、声を震わせていった。思いつめたような顔をしている。

両親に先立たれた裕三は、殺された伊之助がただひとりの肉親だと聞いていた。それだけ兄弟の結びつきが強かったのだろう。

「旦那、あっしに兄いを斬ったやつを殺《や》らせてくれ」

裕三はなんとしても兄の敵が討ちたかった。だが、恐怖があった。相模や権助が斬られ、千次に襲われたときの恐怖である。

裕三は、ひとりだけで兄の敵を討つ自信もなかった。それで、平兵衛に助太刀して欲しかったのだ。

「そのためにもな、相手のことが知りたいのだ。襲った四人を見ているのは、おまえだけだからな。そのときの様子を話してくれんか」

平兵衛は、昂《たかぶ》った裕三の気持ちをなだめるようにおだやかな声でいった。

「へ、へい。ひとりは、千次ってえやろうで。もうひとりはうす気味悪い牢人で、狐のような細い目をしてやした」

裕三は後から駆け付けたふたりの男の風体も話したが、一瞬暗がりで見ただけらしく、熊のような体軀の牢人と町人体の男ということしか分からなかった。

「狐のような目をした男が、相模さんを斬ったのだな。何かいってなかったか」

名乗りはしなかったろうが、何か口にすれば正体を知る手がかりになる。

「相模の旦那に、ちかいうちに、うぬも斬るつもりだった、とかいってやした」

「なに」

となると、牢人は相模の命を狙っていたことになる。

そのとき、平兵衛は背筋を冷たい物で撫ぜられたような気がした。脳裏に跡を尾けてきた町人体の男がよぎったのだ。

――すると、わしも始末する気か！

一味は、地獄屋の殺し人の命も狙っているのではないかと気付いた。

いっとき、平兵衛は気を鎮めるために、虚空に目をとめていた。裕三も口をつぐんで、急に黙り込んだ平兵衛を見つめている。足元の樽のなかから、ゴソゴソと亀の動きまわる音が聞こえてきた。

「そいつは、どんな剣を遣った」

平兵衛が訊いた。すこし声がきつくなった。

「け、剣……。あっしには分からねえ」

裕三は泣き出す寸前のように顔をゆがめて、首を横に振った。

「構えを見たろう。どんなふうに刀を構えた」

平兵衛は声をやわらげて訊いた。

裕三は戸惑うようにつっ立っていたが、ふいに芥溜《ごみため》の方へ走ると、二尺（約六〇センチ）ほどの棒切れをつかんでもどってきた。

「やつは刀を両手で持って、こんなふうに構えやした」

といって、裕三は腰を沈め左手に持った棒切れを前に突き出すように構えた。

――下段か。

だが、下段にしても低すぎる。上体を前に屈め、半身になっていた。大きく前に突き出した刀身が地面と水平のようになっている。右肩が、斬ってくれ、といわんばかりに隙だらけである。

――嵌め手か。

と、平兵衛は思った。

それにしても、奇妙な構えである。

第二章　千草《ちぐさ》

1

「片桐さまが……」

流し場にいたまゆみが、足音のした戸口の外に目をやっていった。頬が朱を掃《は》いたように赤く染まっている。ひらいたままの障子の間から、春の陽射しが土間へ射し込んでいた。その障子の間から、片桐の姿を目にしたようだ。

まゆみは平静さを装い、流し場の小桶に視線を移して洗い物をつづけている。

足音がしだいに近付き、土間へ射し込んでいた陽射しに人影が伸びてきた。

「安田さんは、おられますか」

と、片桐が背をむけたままのまゆみに声をかけた。手に粗末な刀箱を持っていた。

「は、はい。……父上、片桐さまがみえましたよ」

まゆみは、小桶に手をつっ込んだままいった。

右京と顔を合わせるのが恥ずかしいのか、赤くなった顔を見られたくないのか。おそらく、その両方だろう。まゆみは右京に背をむけたまま身を固くしている。

「来たか」

屏風をずらせて、平兵衛が顔をだした。

平兵衛は土間に近付き、チラッとまゆみの方に目をやって苦笑いを浮かべた。まゆみの胸の内は分かっていたが、声はかけなかった。いや、どう声をかけていいのか、平兵衛には分からなかったのだ。

「まァ、かけてくれ。立ったままでは、話もできぬ」

平兵衛は右京に声をかけた。

「この前、研《と》ぎをお願いした刀を持ってきました。小刀です」

片桐は立ったまま刀箱を上がり框に置いた。

平兵衛は極楽屋に行ったとき、右京が来たら、研げるような刀を一振り持ってくるよう伝えてくれ、と頼んでおいたのだ。右京が刀を持ってこないと、まゆみに対し話の辻褄が合わせられなくなるのだ。

「さっそく見せてもらいましょうかね」

平兵衛は、刀箱に手をやりながらまゆみを見た。

小桶に入れた手がとまっていた。身を固くしたまま右京の言葉に耳をむけているようである。

「なかなかの刀だ」

平兵衛は小刀を抜いていった。

右京がどこから引っ張り出してきたか知らないが、ひどい刀だった。刃は欠け、刀身は赤錆でおおわれている。だが、右京は刀槍の蒐集家という触れ込みだったので、目利きしたままを口にするわけにはいかなかったのだ。

「研げば、いい物になりますよ」

平兵衛は研いでも無駄だと思った。名もない刀鍛冶が数打ちしたものであろう。鈍刀だった。錆は落ちるが、武士が腰に差せるような代物ではない。

「それじゃァ、お願いしましょうか」

右京もすずしい顔で話を合わせている。

「興正を研ぎ終えたので、今度はこれにかかりましょう」

そういって、平兵衛は小刀を刀箱にしまうと、

「まゆみ、片桐さんとその辺を歩いてくる。留守をしていてくれ」

と、流し場にいるまゆみに声をかけた。歩きながら、ふたりで刀談義でもするとまゆみは思うはずだった。

「は、はい……。いってらっしゃい」

そういって、まゆみが振り返った。

右京は、土間にいたまゆみと顔を合わせると、度々、お訪ねして申しわけない、といって、微笑みかけた。

「い、いいえ、刀を研ぐのが、父の生業《なりわい》ですから」

ふいに右京と顔を合わせて狼狽《ろうばい》したのか、まゆみはつっけんどんにいった。そして、すぐに顔を赤く染めたが、そのとき、右京は戸口の外に出ていた。

まゆみは戸口に立って、父と肩を並べて歩いていく右京の後ろ姿に恨めしそうな目をむけていたが、ひとつ大きな溜め息をつくと、また流し場にもどって洗い物を始めた。

平兵衛と右京は、いつものように竪川沿いの道を歩きながら話した。陽気がいいせいか、人通りは多かったが、一ツ目橋のたもとを越えると、人影はすくなくなった。

「何か、分かったのか」

平兵衛が切り出した。

「元鳥越町の賭場ですがね。牢人体の男が、ふたり出入りしてたようですよ」

右京は、孫八が探ったようです、といい添えた。孫八は殺し屋だが、探索も巧みである。

「名は分かるか」

「モリ、セキ、と呼び合ってたそうですが、それが名の一部なのか、符丁なのか、はっきりしないんです」

右京は春の陽を反射《はね》て、かがやいている竪川の水面に目をやりながらいった。米俵を積んだ猪牙舟《ちょき》がゆっくり、こっちへむかって進んでくる。黒半纏をなびかせた船頭の漕ぐ櫓《ろ》の音が、しだいにはっきり聞こえてきた。

「ひとりは、六尺（約一八〇センチ）はあろうかという偉丈夫《いじょうふ》で、髭をたくわえているそうです。この男がモリ。もうひとり中背で痩身の、相模さんを斬ったと思われる男が、セキ。ふたりとも遣い手とみていいでしょうね」

右京は抑揚のない声でいった。

「ふたりは、まだ賭場には出入りしているのかね」

と、平兵衛が訊いた。

「それが、相模さんを斬った後は、姿を見せないそうです」

「賭場の用心棒ではないようだな」

「ちがうようですよ。賭場には、半刻（一時間）ほどしかいなかったそうですから」

「となると、わしらと同じ稼業かもしれんな」

平兵衛は足をとめ、遠ざかっていく猪牙舟に目をやった。水押《みお》しの分けた波紋が襞《ひだ》のようになって川岸へ寄せてくる。

「右京、気をつけた方がいい。わしらも、狙っているようだ」

平兵衛が声を落として、大柄な町人体の男に尾行されたことを話した。

右京はちいさくうなずき、

「油断できませんね」

といってきびすを返し、遠ざかっていった。

2

右京は両国橋を渡り両国広小路《ひろこうじ》に出た。大変な人出である。床店《とこみせ》や物売りが並び、さまざまな身分の老若男女が行き交っている。

その雑踏をさけるように、右京は足早に米沢町の路地へ入った。そのまま脇道を通って、岩本町の長兵衛長屋に帰るつもりだった。

長屋ちかくの路地まで来たとき、女の悲鳴が聞こえた。見ると、瀬戸物屋の先の角で男と女が言い争っている。

いいや、遊び人ふうの男が若い娘を打擲《ちょうちゃく》しているようだ。娘は男に肩口を突き飛ばされ、よろめいてくずれるように路傍に尻餅をついた。男はかさにかかって、娘を足蹴にしている。

「何をしている」

見かねて、右京が声をかけた。

赤ら顔で、小太りの男だった。男は右京を見て、驚いたような顔をしたが、

「お侍さまには、かかわりのねえことでしてね。口をはさまねえでくれ」

と、ひどく横柄な物言いをした。

女は十八、九だろうか、痩せて華奢《きゃしゃ》な体をしていた。色白で、細い顎の先に黒子《ほくろ》があった。痛そうに、顔をしかめている。

「そうはいかぬ。わけは知らぬが、若い娘を相手にあまりに無体ではないか」

「こっちにも事情があるんだ。放っておいてくれ」

男は右京を無視し、おめえに渡す銭などねえ、と声を荒らげていいざま、さらに娘を足蹴にしようとした。

「待て、やめねば、痛い目をみるぞ」

右京は腰の刀に手をかけた。峰打ちでも、くれてやろうと思ったのである。

「な、なんだと」

男は右京が刀に手をかけたのを見ると、顔をこわばらせて身を引いた。

そして、右袖をたくしあげて殴りかかるような素振りを見せたが、まったく動じない右京を見て怖じ気づいたのか、

「おぼえてやがれ！」

と、捨て台詞《ぜりふ》を残して走りさった。

「大事ないか」

右京が娘に声をかけた。

「は、はい……。お侍さま、助かりました」

娘は腰のあたりをさすりながら立ち上がり、右京に頭を下げたが、その顔に困惑の表情がはりついていた。

「どうしたな」

右京が訊いた。

「は、はい、あいつ、店の付けを踏み倒して……」

娘は蓮《はす》っ葉《ぱ》な物言いをした。か弱そうな感じがしたが、意外におきゃんなのかもしれない。娘の名は千草《ちぐさ》、男は朝次《あさじ》だという。千草は深川冬木《ふゆき》町の飲み屋の手伝いに通っていて、朝次はその店の常連だったそうである。

当初は金払いがよかったが、そのうち千草に付けさせて何度か飲み、付けが溜まるとぷっつりと姿を見せなくなったというのだ。

「あたし、朝次がこの辺りに住んでると聞いてたんで、付けを返してもらおうと、待ってたんですよ。……通りかかったのを見かけたので返してくれと頼むと、急に殴りかかってきて。まったく、ひどいったら、ありゃァしない」

千草は、着物の埃をはたきながら鼻筋に皺を寄せて、目をしばたかせた。黒眸《くろめ》が潤んだように濡れている。泣き出すのを堪えているような顔である。

「そうか」

右京は、朝次の踏み倒した金はいくらだ、と訊こうとしてやめた。見ず知らずの娘に、金を払ってやることもないと思ったのである。

「でも、いいんです。あたし、何とかするから……」

千草はこれ以上右京の足をとめておいては悪いと思ったのか、助けてもらった礼をあらためていい、

「お侍さまのお住居《すまい》は、このちかくですか」

と、訊いた。

「この先の長屋に住んでいる」

長屋の名はいわなかった。通りすがりの娘に、話すこともあるまいと思ったのだ。

「そのうち、お礼にうかがいます」

千草はそういうと、もう一度頭を下げて離れていった。

右京は千草のことを忘れていた。ところが、三日経った午後、千草が突然長屋を訪ねてきたのだ。

「やっぱり、ここだ」

千草は腰高障子から顔を出した右京を見て、嬉しそうに声を上げた。手に風呂敷包みをかかえている。

「どうして、ここが」

勝手に入ってきて上がり框で風呂敷をひろげ始めた千草を見て、右京が訊いた。風呂敷包みには、ちいさな木箱が入っていた。深川、佐賀《さが》町にある船橋《ふなばし》屋の羊羹《ようかん》である。手土産のつもりらしい。千草は深川冬木町の飲み屋を手伝っていたといっていたので、住居も深川なのだろう。

「表通りの酒屋さんで訊いたんです。……甘い物は嫌い？」

と、千草が訊いた。

この前見たときより、血色がよかった。色白の頰が、ほんのり桜色に染まっている。

「い、いや、嫌いではないが……」

右京は戸惑った。船橋屋の羊羹は安くないはずである。それに、千草の態度が妙に馴々《なれなれ》しいのだ。

「あたし、名前も訊いちゃったんです。片桐右京さま、ここに独《ひと》りで住んでるってことも」

千草は悪戯《いたずら》っぽい目をして、右京を見た。

「それで、朝次から金は取れたのか」

「だめ、だめ、あいつ、どっかへ姿をくらましちまったらしいよ。右京さま、包丁ある？」

千草は土間の流しの方に目をやった。

「水甕《みずがめ》の上に棚があるだろう、包丁は、そこだ。……それで、飲み屋の方はどうなる」

「やめちゃった。人使いの荒い店だから、いいの」

千草は包丁で羊羹を食いごろに切り、お茶があるといいんだけど、といって、竃《へっつい》の方に目をやった。

「湯は沸いてないぞ」

「じゃァ、お茶はがまんして」

そういうと、羊羹を指先でつまんで口にした。

その日、千草はそれだけで帰ったが、翌日また姿を見せた。今度はせんべいを持参した。そして、勝手に竈を炊いて湯を沸かし、茶まで淹れて飲んでいった。

一日置いて、また顔を見せたとき、さすがに右京も閉口して、

「何か、仕事はないのか。それに、おまえのような年頃の娘が出入りすると、長屋の者たちに妙な噂《うわさ》をたてられて困るのだ」

と、やんわりと釘を刺した。

「あたしは平気、噂なんか気にしないから」

千草は意に介さないようだった。

「だが、おれがどんな男かも知らぬだろうし、親も心配するだろう」

「心配なんかしないよ。おっかさんはいないし、おとっつァんも、病気で寝たままだもの」

そういうと、千草は急に萎《しお》れたように肩をつぼめ、悲しそうな顔をした。

「他に家族はいないのか」

「いないよ」

「それでは、暮らしに困るだろう」

「おとっつァんの蓄えが、あったんだけど……。それもなくなったから、あたしが働かないといけないのよ。冬木町の店は駄目だし、どこかあたしでも勤まるような店があるといいんだけど」

千草はうなだれて、困ったような顔をした。

そのとき、右京は極楽屋のことを思い浮かべた。そういえば、島蔵が店を手伝ってくれる女を探していた。それに、冬木町辺りに住んでいるなら吉永町もそう遠くないはずだ。

——だが、千草のような若い娘に勤まるだろうか。

右京は、無理だろうと思った。

極楽屋は客筋が普通の一膳めし屋とちがう。人は悪くないが、脛《すね》に傷をもつ男や粗暴な荒くれ男たちばかりなのだ。

「それに、あたし、昼間だけ働きたいの。夜はおとっつァんのそばにいてやりたいから」

千草は、おとっつァん、もう長くないみたいなの、と顔を伏せて、小声でいい添えた。

それを聞いて、右京は日中だけなら、極楽屋も他の一膳めし屋とそれほど変わるまい、と思った。

「客は男ばかりの乱暴な店だが、いってみるか」

右京は、とにかく極楽屋に連れていってみようと思った。こう執拗に、訪ねて来られては殺しの仕事どころではないし、勤まらないようならやめればいいのである。

「どこにある店？」

千草が顔を上げて訊いた。

「吉永町にある極楽屋という一膳めし屋だ」

「極楽屋……」

おもしろそうなお店、といって、千草は顔をかがやかせた。

3

千草は、思いのほか極楽屋に馴染み、粗暴な男たちともうまくやっていた。すでに、飲み屋で働いたことのある千草は、酔った男の扱いにも慣れていたし、気さくな性格が客の男たちにも好かれたようだ。それに、いままで女っ気といえば、おくらという樽のように太った島蔵の女房がいただけだったが、そこへ若い千草が入ったことで、店内が華やいだ活気につつまれるようになった。

「千草は、片桐さんから預かった娘だ。すけべ心を出して、手を出しゃァがったら、おれが勘弁しねえぞ」

と、島蔵が地獄宿に住む男たちに釘を刺しておいたので、いい寄る男もいなかった。昼間だけという条件も、島蔵が守ってくれたので、千草にとっては働きやすい店だったかもしれない。

その日、極楽屋の店内には、蓑造と裕三、それに忠五郎《ちゅうごろう》という四十がらみの男がいた。忠五郎は大柄で眉が濃く、睨みのきく目をしていたので、借金取りや揉め事の強談判などに雇われることが多かった。ただ、強面《こわもて》に似合わず、心根はやさしく涙もろい性格だった。

「お千《せん》ちゃん、おれに煮染《にしめ》をくれ」

忠五郎が声を上げた。千草のことを、お千ちゃんと呼ぶ客が多かった。

蓑造と裕三は、しじみ汁と菜飯《なめし》に黙々と箸を動かしている。まだ、店をあけて間もないせいか、酒をかたむけている男はいなかった。

「待って、すぐ、持っていくから」

千草はそう言い置いて、板場へ入った。

そして、盆に煮染のはいった小丼を載せてきて、

「大盛りにしておいたからね」

そういって、忠五郎の前に置いた。

「ヘッヘヘ……。お千ちゃんのお蔭で、ほんとに極楽屋のようになっちまったなァ」

忠五郎が、だらしなく目尻を下げて愛想をいった。

「この店、地獄屋って呼ぶ人もいるんだって」

千草が声をひそめて訊いた。

「そうよ。おれたちは、地獄の鬼だからな。でもよ、お千ちゃんのような弁天さまが来てくれたんで、ここも屋号どおりの極楽屋になっちまった。なァ、そうだろう」

忠五郎は、同意を求めるように蓑造と裕三に目をやった。

蓑造は黙ってうなずいたが、裕三は青白い顔に不愉快そうな表情を浮かべ、ぷいと立ち上がった。そして、そのまま外へ出ていってしまった。

「あたし、何か悪いことでもいったかしら」

裕三の出ていった戸口の方を見ながら、千草が困ったような顔をした。

「なに、気にすることたァねえよ。やろう、兄貴を殺されてから、いつもああなんだ」

忠五郎が煮染に箸を伸ばしながらいった。

「そう、かわいそうに……。いつも、ときどき堀のそばに屈んでるようだけど、何をしてるの」

千草が訊いた。

「亀さ」

「亀？」

「やろう、亀を飼ってるのさ。殺された兄貴が飼ってたやつをよ。兄貴と思ってるんじゃァねえのか」

黙って話を聞いていた蓑造が、低い声でいった。

千草は忠五郎たちの食べた後をかたづけると、店の外に出て左手の掘割の方へまわってみた。裕三の飼っている亀を見てみたいと思ったのだ。

裕三は芥溜の前で、空樽のなかを覗き込んでいた。千草は近寄って、裕三の肩越しに樽のなかに目をやった。

掌ほどの亀が、裕三の指先の方に首を伸ばしていた。その指先には、千切った小魚が挟んであった。裕三がそれを亀の口先へ持っていくと、亀はさらに首を伸ばして、ぱくりと食いついた。

裕三の草履の先に、二寸ほどの細長い小魚が一匹死んでいた。千草は名は知らなかったが、ちかくの掘割で掬《すく》い捕ったのだろうと思った。

「いつも、魚をやってるの」

千草も樽の前に屈み込んで訊いた。

「魚はたまにやるだけさ。こいつ、みみずでも魚の頭でも、何でも食うぜ」

「そう、かわいいわね」

「かわいかァねえ」

裕三はぶっきら棒にいった。目が怒ったようにとがっている。

「じゃァ、なんで飼ってるのよ」

千草も負けてはいなかった。同じように、声を荒立てた。

「兄いが飼ってたからさ。おれが餌をやらなけりゃァ死んじまうじゃないか。それに、おれには、もうこいつしかいねえんだ」

裕三は亀を睨みつけるように見ながらいった。

「そう……」

千草は争わなかった。兄が殺され、裕三には肉親がだれもいないと聞いていたからだ。

裕三は、亀に目をやったまままむっつりと黙り込んでいた。

「ねえ、裏の長屋、地獄宿っていうんだって」

千草が訊いた。

「そうさ。住んでる連中が鬼のような連中だからさ」

「あんたも」

「ああ、おれもそうだよ」

「何をして銭をもらってるの」

「銭になることなら、何でもやるさ。人足、借金取り、張り番、強談判……」

裕三は千草を睨みつけるように見ていった。

「片桐さんも」

「あの人はちがう」

「何をしてるの」

「知らねえよ。……おい、ここはな、他人《ひと》のしてることに口出ししねえのが決まりなんだ。極楽屋で働くつもりなら、根掘り葉掘り訊かねえ方がいいぜ」

裕三が千草を睨みつけていった。

「そう、いいじゃァないのよ。何をしてるか訊いたって」

千草は反発したが、それ以上は訊かなかった。

それから、いっとき千草は裕三といっしょに樽のなかの亀を覗いていたが、いつまでも店を離れているわけにはいかないと思ったらしく腰を上げた。裕三は千草が離れた後も、樽のそばに屈み込んだまま動かなかった。

その日、だいぶ陽が西にかたむいてから、右京が極楽屋に姿を見せた。

「片桐さま、いらっしゃい」

千草は嬉しそうな顔をして飛んできた。

「酒と肴を頼む」

右京は無愛想な顔で、そういっただけだった。

「肴は何がいい。鰈《かれい》の煮付けがあるし、鰯《いわし》も焼けるけど」

千草は右京の脇の空樽に腰を下ろして、肩先をくっつけるようにして訊いた。千草の右京に対する態度は、他の客に対するそれとはまるでちがっていた。まるで、情夫《いろ》にでも接するように馴々しいのである。

「鰈を頼む。すぐにな」

「分かった。鰯も親父さんに焼いてもらうからね」

そういうと、千草は板場の方へもどっていった。

しばらくすると、千草が酒肴を運んできた。何か理由をつけては話しかける千草を無視するように、右京はひとり黙然として猪口をかたむけている。右京は千草の働きぶりを見に来たのだが、そんな様子をおくびにも出さない。

一刻（二時間）ほどすると、右京はふらりと立ち上がり、

「また、来る」

そういい残し、飯台の上に一分銀を置いて、千草に声もかけずに店から出ていった。

「ちょっと、片桐さま、こんなにいらないよ」

千草が慌てて後を追ったが、右京は振り返りもしなかった。

肩をつぼめて店にもどってきた千草に、板場から出てきた島蔵が、

「千草、右京の旦那に言い寄ったって無駄さ」

と、小声でいった。

「どうしてさ」

「旦那は女嫌いだ」

「陰間《かげま》なの」

千草が驚いたような顔をして訊いた。陰間というのは、男娼のことである。

「そうじゃァねえ。旦那は女に懲りてるのさ」

島蔵の話によると、右京には二年ほど前まで雪江《ゆきえ》という相愛の許嫁《いいなずけ》がいたという。右京は四十五石の御家人の冷や飯食いだったが、鏡新明智流《きょうしんめいちりゅう》の達人で両家とも二人の仲を

認めていたそうである。

ところが、同じ道場に通っていた門弟が雪江に横恋慕し、右京の名を騙《かた》って呼び出し、強引に雪江の体を奪ってしまった。そのことを悲観した雪江は、門弟のことを恨みながら大川に身を投げた。事情を知った右京は、ひそかに門弟を斬って家を飛び出したという。

「それでな、いまは長屋に独り住まいしてるのさ」

島蔵は、他の客には聞こえないよう小声で話した。

「へえ、そんなことがあったんだ」

千草は、つぶやくようにいった。

陽が沈み、店内に薄闇が忍んできていた。その薄闇にむけられた千草の視線が、戸惑うように揺れていた。

その後も、千草は右京に馴々しく接したが、露骨にいい寄ることはなくなった。その代わりかどうか分からないが、芥溜のそばにいっては、亀に料理の残りなどをやっていた。当然、裕三とも話すようになり、空樽のそばに屈み込んでいるふたりの姿をよく見かけるようになった。

4

「親父さん、駄目だ」

極楽屋の暖簾をくぐるなり、蓑造ががっかりしたような声を上げた。いっしょに入ってきた裕三、与吉、熊八《くまけち》の顔にも落胆の表情があった。熊八は二十代半ば、武州《ぶしゅう》のつぶれ百姓の倅《せがれ》だそうで、地獄宿に三年ほど住みついている。

四人は店の飯台に腰を下ろし、これじゃァ、飯も食えねえ、干上がっちまう、などと口にしていた。

「おい、どうしたんだ」

蓑造たちのぼやく声を聞きつけて、島蔵が板場から出てきた。千草も、何かあったのかという顔をしてついてきた。

「板橋屋《いたばしや》で、断られちまったですよ」

蓑造が肩を落としていった。

「断られただと、どういうことだい」

どかり、と島蔵が男たちの前に腰を下ろした。

「人足は足りてるから、帰ってくれっていうんだ」

「なんだと」

島蔵が目を剝いた。顔に驚きと怒りの色がある。

板橋屋は、深川熊井《くまい》町にある老舗《しにせ》の船宿だった。大川に専用のちいさな桟橋を持っていて、その桟橋へ下りる石段がくずれたので石材を運ぶ人足を求めていた。島蔵のところへも依頼があり、三日ほど前から四、五人、働きに出ていたのだ。

「今日になって、あるじの豊次郎《とよじろう》が普請の目星がついたんで、もういいっていいやァがってよ。親父さんによろしくいってくれって、それだけですぜ」

蓑造は不満そうにいった。

「それで、普請の方は片が付いたのかい」

「いや、まだ始まったばかりだ」

「妙だな……」

島蔵の牛のように大きな目が、ギョロリとひかった。厚い唇を引き結び、虚空を睨《にら》んだ顔には凄味があった。一膳めし屋の親父とはちがう殺し屋の元締めらしい顔である。

いっとき、島蔵は虚空を睨んだまま黙り込んでいたが、そばの空樽に腰を落として話を聞いていた千草に、

「千草、こいつらにめしを食わせてやれ」

と、苛立ったような声でいった。

島蔵は、板橋屋に何者かが極楽屋からの人足を断るよう圧力をかけたのではないかという疑念をもった。

島蔵の疑念は、翌日さらに強まった。浅草西仲町の扇屋《おうぎや》という料理屋に雇われていた忠五郎がしょげ返って極楽屋にもどってきたのだ。

「親分、扇屋をお払い箱になっちまった。あるじの梅次郎《うめじろう》に、もう来なくていいっていわれちまってよ」

忠五郎は強面《こわもて》をしかめて、泣きだしそうな顔をした。

扇屋は料理屋だがひそかに売女《ばいた》も置いていて、客筋は近隣の商店主、大工、船頭、小金をつかんだ遊び人などが多かった。なかには付けで飲む者もいたし、流連《いつづけ》で金の払えなくなる者もいる。そうした掛金の集金に奉公人といっしょにまわったり、金の払えなくなった客の付け馬として屋敷へついていったりするのが、忠五郎の仕事だった。強面であるだけに、いっしょにいるだけで効果があるのだ。

「何か、へまでもしたのか」

島蔵が訊いた。

「いや、金集めはうまくいってたんだ。それなのによ、今日になって、明日からは店の奉公人でやるから来なくていいというんだ」

「うむ……」

島蔵は、腑に落ちなかった。集金を店の奉公人だけでやるとしても、その前に忠五郎を斡旋した自分に話があってもいいはずだと思ったのである。

島蔵は扇屋にも何者かの圧力がくわわったのではないかという気がした。

――楢熊だな。

と、島蔵は直感した。楢熊のほかには、島蔵の口入れ稼業の邪魔をするような男は思いつかなかったのである。

翌日、島蔵は極楽屋に姿を見せた孫八を連れて、先に蓑造たちを断った板橋屋にいってみた。あるじの豊次郎から直接話を訊いてみようと思ったのだ。

熊井町に着いたのは、七ツ（午後四時）ごろだった。先に、大川端へまわり普請現場を見てみた。まだ、普請は始まったばかりだった。くずれた石段の脇に足場を組んでいる鳶《とび》の者や石や泥を運んでいる褌姿《ふんどしすがた》の人足たちが、せわしげに立ち働いていた。まだ、人足を必要としていることは一目で分かった。

「豊次郎さんはおいでかな」

島蔵は板橋屋の戸口へまわって声をかけた。

その姿を見て、座敷の長火鉢の前に座って莨《たばこ》をくゆらせていた豊次郎が慌てて立ち上がった。

「こ、これは、極楽屋さん」

もみ手をしながら歩み寄ってきた豊次郎の顔に、逡巡と狼狽の色があった。四十半ばであろうか。痩身で面長、切れ長の目をした額の大きな男だった。

「蓑造たちのことですがね、何か、不始末をしでかしたんじゃァねえかと思い、足を運んできたんですよ」

島蔵は愛想笑いを浮かべながらいった。ただ、豊次郎を見つめた目は笑ってはいなかった。豊次郎の心底を探るようなひかりが宿っている。

「こ、これにはわけか。……まァ、ともかく、なかへ。お仲《なか》、お仲、極楽屋さんがお見えですよ。茶を淹れておくれ」

豊次郎は狼狽しながら、奥を振り返って声を上げた。お仲というのは豊次郎の女房で、板橋屋の女将《おかみ》でもある。

板橋屋は戸口を入ると土間のつづきに板張りの間があり、その奥が普段あるじのいる座敷になっていた。板張りの間の左手が板場で、右手の奥に二階の客用の座敷へ上がる階段がある。その階段から、お仲が慌てた様子で下りてきた。

豊次郎は、お仲にすぐに茶を淹れるよう声をかけ、

「ともかく、なかへ。戸口に立ったままでは、落ち着いて話もできませんので」

そういって、島蔵たちを奥の座敷へ上げた。

お仲の淹れた茶を口にしたところで、

「見たところ、石垣の普請は始まったばかりのようですが、蓑造たちは何か不始末でもしでかしましたか」

島蔵はおだやかな声で訊いた。

ここで、板橋屋を恫喝《どうかつ》したり、人足を強要したりすることはできなかった。板橋屋に奉公人や人足の斡旋をしたのは、初めてのことではなかった。以前も客との揉め事を始末するために強面の男を派遣したり、船頭を斡旋したりしたことがあった。島蔵にすれば、板橋屋は得意先のひとつだったのである。

「い、いや……。実は猿島屋《さしまや》さんに、どうしてもうちで世話する人足を使ってくれといわれましたもので」

豊次郎は、顔をこわばらせて困惑したようにいった。

猿島屋というのは、本所相生町にある口入れ屋である。ただ、猿島屋は下男下女や中間

などの奉公人の斡旋が主で、人足や日傭《ひよう》取りなどの世話はしないはずだった。それに、本所や浅草が中心で深川まで手を伸ばしてくるとは思えなかった。

「ですが、板橋屋さんは猿島屋さんとの付き合いはなかったはずですが」

やんわりと島蔵が訊いた。

「そ、それが、どうしてもといわれ……」

豊次郎は額に脂汗を浮かべて、いいよどんだ。

その様子から、島蔵は、無理強いした者がいるようだ、と察知した。

「板橋屋さん、脅されましたね」

島蔵が声を低くしていった。豊次郎を見つめた大きな目が、凄味のあるひかりを宿している。

「い、いや、そんな……」

豊次郎はひどく狼狽し、顔がひき攣《つ》っていた。

「板橋屋さん、悪いようにはしませんから、話してくださいよ」

「じ、実は、千次という男がいっしょにきて、猿島屋さんの斡旋を受けないと深川で船宿をやっていけないようにしてやると脅されて……」

豊次郎は蒼ざめた顔で白状した。

「千次！」

島蔵は、すべてを察知した。

やはり、楢熊である。楢熊が、猿島屋に手をまわして仕掛けてきたのである。狙いは、極楽屋の表の稼業である口入れ屋をつぶし、裏の殺しの仕事も奪い、本所、深川を自分の縄張にするつもりなのだろう。

——これも、楢熊の才覚かい。

島蔵の胸の底にひっかかるものがあった。楢熊は博奕打ちである。闇の世界の殺しだけなら手を出してくることもあろうが、口入れ屋まで手をまわしてくるとは思えなかったのである。

それに、今度のやり方には、縄張をひろげるというより島蔵や地獄屋の者たちを目の敵《かたき》にしているような節があった。口入れ屋の仕事を奪うだけなら、伊之助たちを殺すまでしなくともいいのにである。

「板橋屋さん、千次という男と話をつけたら、いままでどおりの付き合いをお願いしますよ」

そう言い置いて、島蔵は板橋屋を後にした。豊次郎を責めても仕方のないことだった。ことは、楢熊と島蔵の争いなのである。

5

板橋屋を出ると、外は暮色につつまれていた。その暮色のなかに、江戸湊《みなと》へつづく大川の川面が渺々《びょうびょう》とひろがっていた。まだ西の空には残照があり、水面に淡い鴇色《ときいろ》を映している。川面を行き来する猪牙舟や艀《はしけ》があり、川下には帆を下ろした大型廻船の船影も見られた。

島蔵と孫八は大川端を、川上にむかって歩いていた。通りには、ぽつぽつと人影があった。家へ帰る出職の職人や天秤棒をかついだぼてふりなどが、足早に通り過ぎていく。

「元締め、楢熊をなんとかしねえと、地獄屋はつぶれますぜ」

孫八が小声でいった。

「分かってる。だが、どうも気になる。今度のことは、楢熊だけの才覚じゃァねえような気がするんだ」

島蔵は視線を足元に落としたままいった。

「楢熊の裏に、だれかいるとみてますんで」

「まだ、何も分からねえが、地獄屋の者を皆殺しにするつもりかもしれねえぜ」

島蔵がつぶやくような声でいった。

「あっしも、そんな気がしねえでもねえが……」

孫八は川上の永代橋の方に目をやりながらいった。

夕闇のなかに橋梁と橋を行き来する人影が、黒く浮き上がったように見えていた。ふたりは、しばらく黙考したまま歩いていた。

永代橋のたもとを過ぎると、辺りが急に寂しくなった。人影がなくなり、闇も濃くなったように感じられた。表店は板戸をしめ、洩れてくる灯《ひ》もない。頭上の月がひかりを増したようである。

そのとき、ヒタヒタと背後で足音がした。

「元締め、だれか尾けてくるようですぜ」

孫八が声を殺していった。

「ふたりか」

島蔵も気付いているようだった。

半町ほど後ろから、町人体の男がふたり跡を尾けてくる。薄闇に、その体軀だけが見てとれた。ひとりは大柄、もうひとりは中背だった。ふたりとも、雪駄履きで着物を裾高に尻っ端折りしている。

「ひとりは、千次のようで」

孫八がいった。声に、胸の昂《たかぶ》りを抑えているようなひびきがあった。

「ふたりだけで、仕掛けるつもりかい」

島蔵はふところに手を入れた。念のため、匕首《あいくち》を呑んできていた。

すこしも臆《おく》した様子はなかった。島蔵は極楽屋をひらき殺しの元締めになる前は、一匹狼の殺し屋だった。匕首も巧みだし、強力の主で相手の背後にまわり片腕で首を絞め殺すのを得意としていた。

元締めになってから自分で手を下すことはなくなったが、まだまだそこらのやくざ者に後れを取るような腕ではない。

「元締め、前からも！」

孫八が声を上げた。

見ると、前方の町家の板塀の陰から大柄な武士が姿を見せた。傲岸《ごうがん》な感じの牢人体で、六尺はあろうかと思われる偉丈夫である。

「待ち伏せしてやがったな」

島蔵はすばやく周囲に目を走らせた。逃げ道を探したのである。

左手は大川の土手。右手は町家が軒を並べていたが、どの家も雨戸をしめていた。逃げ込めるような路地もない。

三人の男は見る間に迫ってきた。どうやら、三人は初めからこの場で仕掛けるつもりだったようだ。

——こいつら、素人じゃァねえ！

島蔵は察知した。いずれも、殺し慣れた者たちのようだ。疾走してくる姿に獲物を追う獣のような気配があった。

「元締め、逃げてくれ！」

孫八が匕首を抜いて声をあげた。

すでに、町人体のふたりも匕首を抜いていた。月光を反射《はね》て、皓《しろ》くひかっている。牢人体の男は、まだ抜いていなかった。左手で鍔元を押さえて走ってくる。黒袴がバサバサと音をたてた。巨獣が迫ってくるような迫力がある。

「おれだけ、逃げるわけにはいかねえ。孫八、後ろからのふたりを頼む。おれは、こっちのでけえやつの相手をする」

島蔵も匕首を抜き、両袖をたくし上げた。

島蔵と孫八は大川の岸を後ろにし、背を向けあって身構えた。

牢人は髭の濃い鍾馗《しょうき》のような面構《つらがま》えの男だった。島蔵は、楢熊の賭場でモリと呼ばれていた男だろうと思った。

駆け寄った牢人は、二間ほどの間合で足をとめて抜刀した。構えは切っ先を高く上げた八相《はっそう》。三尺ほどはあろうかと思われる刀身が、頭上で銀蛇《ぎんだ》のようにひかっている。

牢人は気合もかけず、無言のまま間合をつめてきた。黒い巨岩が押し迫ってくるような威圧があった。

——太刀打ちできねえ！

と、島蔵は感知した。

島蔵のように剣の心得のない者にも、遣い手であることが知れた。匕首が巧みだといっても、しょせん喧嘩や闇の殺しで身につけたなまくら殺法である。剣の達者にかなうはずがない。

島蔵は逃げるしか助かる方法はないと察知した。牢人の剣から逃げる途は、背後の大川だけである。

「孫八！　川へ逃げろ」

島蔵は叫ぶなり反転し、大川の岸辺へ跳んだ。

刹那、背後で刃唸りの音がし、肩口の着物が裂けた。一瞬、島蔵の体は空に浮いた。次の瞬間、葦や若草の茂る急斜面に足がついたが、勢いあまって体が前に飛び、葦の茂る水辺へ頭からつっ込んだ。

水深は膝丈《ひざたけ》ほどだった。すぐに島蔵は起き上がり、バシャバシャと水を蹴って夢中で深場へと逃げた。

背後で孫八の叫び声がし、つづいて岸辺で水音がした。孫八も川面へ飛び込んだらしい。葦を倒す音や水を分ける激しい音がした。

島蔵は腰の深さほど入ったところで、後ろを振り返ってみた。路傍の人影が三つ、岸辺に立ってこっちを見つめている。川に入ってくるつもりはないようだったが、立ち去る気配もなかった。

「も、元締め、顔が」

孫八が、顔をゆがめながらいった。

島蔵の大きな顔が、血まみれだった。

「なに、ひっ掻《か》き傷だ」

島蔵は顔中にヒリヒリする痛みを感じた。葦の群生するなかに顔をつっ込んだとき、傷を負ったらしい。

「おめえ、やられたのか？」

見ると、孫八は左肩を押さえながら苦痛に顔をゆがめていた。着物が裂け、肩口が血に染まっている。

「へい、後ろを向いたところを斬り付けられやした」

「ともかく、この場は逃げるしかねえ。泳げるか」

岸辺にいる三人に、立ち去る様子はなかった。川下へ泳いで、追っ手を振り切るしかなかった。

「へ、へい」

「行くぞ」

島蔵はさらに深場へ歩き、流れに身をまかせた。孫八も後についてくる。

岸辺の三人は、しばらく川沿いに追ってきたが、島蔵たちが永代橋の下をくぐると、その姿が見えなくなった。それでも、島蔵たちはすぐに陸へ上がらなかった。

熊井町まで来ると、岸辺にちいさな桟橋があり猪牙舟が舫《もや》ってあった。舟を目にした島蔵は孫八に、舟の縁につかまっているよう声をかけて、桟橋から這い上がった。そして、孫八を舟に引きずり上げた。

「でえじょうぶか」

島蔵が訊いた。孫八の顔はこわばり、肩口の着物がどっぷりと血を吸っている。

「へい、なんとか……」

「もうすこし、辛抱しろ。このまま店にもどるぞ」

島蔵は舫《もや》い綱を外して舟を出した。川と掘割をたどって、地獄屋まで舟でもどるつもりだった。

6

「父上、どこへ」

刀箱を手にして、立ち上がった平兵衛に縫い物をしていたまゆみが声をかけた。

「片桐さんに、刀をとどけようと思ってな」

刀箱のなかには、二振りの刀が入っていた。一振りは、右京から預かっていた鈍刀である。まだ、荒砥で研いで錆を落としただけだったが、それでじゅうぶんだと思っていた。右京にしても、腰に帯びる気などないはずである。もう一振りは平兵衛の愛刀、来国光《らいくにみつ》一尺九寸(約五八センチ)である。

平兵衛は富田《とだ》流小太刀の流れをくむ金剛《こんごう》流の達人だった。来国光は身幅のひろい剛刀だが、定寸より三、四寸は短い。小太刀の動きをとりいれるため、平兵衛が自ら刀身を截断したのである。

ちかごろ、平兵衛は出歩くとき、できるだけ愛刀を持つようにしていたが、まゆみが心配するので、隠すか何か口実をもうけねばならなかったのだ。

「父上、夕餉《ゆうげ》はどうします？」

まゆみが、針を動かす手をとめて訊いた。

「すませてこよう」

平兵衛は上がり框から土間へ下りた。

「お酒は、ほどほどにしてくださいよ。もう、歳なんですから」

まゆみは、女房のような口をきいて腰を上げた。ちかごろ、口のきき方まで死んだ女房に似てきたようだ。

「わしのことより、おまえだ。陽が落ちたら、戸口の心張り棒を忘れるなよ」

「だいじょうぶですよ。こんな、貧乏長屋に入り込む盗人《ぬすっと》なんていやしませんから」

「わしが心配してるのは、盗人じゃァない。おまえだ」

平兵衛は草履をつっかけて振り返った。年頃の娘である。長屋は比較的安全だが、やはりひとり残して出かけるのは心配だった。

「父上こそ、酔って、大川にでも嵌《は》まらないでくださいね」

そういって、まゆみは平兵衛の袖無しの肩口を指先で払った。糸屑でもついていたらしい。

まゆみに見送られて外へ出ると、晩春の暖かな陽射しが、軒下まで差し込んでいた。八ツ（午後二時）ごろであろうか、陽は西にかたむき始めていた。

平兵衛はそのまま吉永町の極楽屋へ行くつもりだった。昨日、まゆみの留守に島蔵からの使いが来て、島蔵と孫八が襲われたことと明日にも極楽屋に来て欲しいことを伝えて帰ったのである。

平兵衛は背後に気を配りながら歩いたが、尾けてくる者はいなかった。吉永町に入ると、陽はだいぶ西にかたむき、掘割の水面に夕焼けが映っていた。いつもは賑《にぎ》やかな店がひっそりとしていた。

縄暖簾を分けて入ると、隅の飯台で蓑造と忠五郎が背を丸めてめしを食っていた。めずらしく、酒は飲んでないらしい。

「これは、旦那」

忠五郎がぺこりと頭を下げた。ふたりとも、しけた面《つら》をしている。

「親父さんは」

「板場におりやす」

蓑造はそういうと、気を利かせ、板場を覗いて声をかけた。

「旦那、この始末だ」

島蔵が板場から出てきて、苦笑いを浮かべた。ひどい顔である。顔中にひっ搔いたような傷があった。大きな虎猫のようである。

「どうしたんだ」

「夕べ、大川端で転んじまって。叢に顔をつっ込んで、このざまです」

そういうと、島蔵は平兵衛の前に腰を下ろし、

「おめえたち、旦那と大事な話があるんでな。めしが、すんだら、塒《ねぐら》の方にもどってくれ」

と、蓑造たちに声をかけた。

いっときすると、千草が湯飲み茶碗をふたつ持ってきた。めずらしく、酒ではなく茶が入っている。

「話が済んだら、酒を用意しますんで」

島蔵が低い声でいった。

その茶をすすっている間に蓑造と忠五郎が退散し、入れ替わるように右京が入ってきた。どうやら、右京も島蔵に呼び出されたようだ。

三人が顔を合わせたところで、

「それで、孫八の具合はどうなんだ」

と、平兵衛が気になっていたことを訊いた。島蔵の使いから、孫八が傷を負ったことだけは聞いていたのだ。

「なんとか、命は取り止めたが、しばらく匕首は遣えねえ」

島蔵は深刻な顔をして、大川端で襲われたときの様子を話した。

孫八は左肩を匕首で斬られたという。極楽屋にもどった島蔵は孫八の傷口を酒で洗い、金創膏《きんそうこう》をたっぷり塗った布を傷口にあててきつく縛り、止血した。島蔵はこうした傷の手当には慣れていたし、下手な町医者より腕もよかった。

「念のため、孫八は裏の長屋に寝せてあります」

島蔵は、孫八をこのまま帰したら、やつらに殺されるかもしれねえ、といい添えた。

「それで、元締めたちを襲ったのは」

右京が訊いた。

「三人でして。町人がふたり、千次と大柄な男。ふたりとも、素人じゃァねえ。殺しに手を染めてるとみていい。もうひとりは牢人で」

「相模さんを斬った男か」

今度は平兵衛が訊いた。

「ちがうな。熊のようにでけえやつで、髭を生やしてやした。モリ、と呼ばれてるやつじゃァねえかな」

島蔵が憤怒に顔をどす黒く染めていった。行灯の灯《ひ》に浮かび上がった顔は、虎斑《とらふ》のような傷跡とあいまって凄まじい形相だった。

「敵は四人か」

平兵衛がつぶやいた。

匕首を遣う町人がふたり、牢人がふたりである。いずれも、腕のいい殺し屋とみていい。

「それで、元締め、そいつらに覚えは」

平兵衛は、島蔵なら江戸の闇の世界にくわしいので、知っているだろうと思った。

「ひとり、千次は分かっている。やつは、前から楢熊にくっついて、殺しにも手を染めていたはずでしてね。だが、あとの三人は分からねえ。……あれだけの腕なら、噂ぐれえ耳に入ってくるはずなんですがね」

平兵衛は首をひねった。

「やつらの狙いは、おれたちの命か」

平兵衛が小声でいった。

「そのようで。地獄屋の者たちを皆殺しにするつもりかもしれねえ」

「楢熊にしては、やり方が激しいな」

右京が不審そうな顔をした。

「おれも、腑に落ちねえんで。千次と大柄な町人はともかく、牢人ふたりは楢熊の配下にいるとは思えねえ。どうも、楢熊の裏にだれかいるような気がしてならねえが……」

そういって、島蔵は思案するように虚空に目をとめていたが、いずれにしろ、このまま放っておくわけにはいかねえ、といって、ふところに手をつっ込み、巾着をつかみ出した。

そのとき板場の方で下駄の音がし、千草が顔をだした。

「旦那、酒は、まだ」

千草が近寄ってきて訊いた。

「まだだ。声をかけるから、おくらとふたりで肴の用意をしてろ」

島蔵は苛立ったような口調でいった。

千草は、分かったよ、と不服そうな顔をしていうと、右京に微笑みかけてから、板場へもどっていった。

「さて、これは、旦那の刀の研ぎ代でして」

島蔵は巾着からつかみだした切り餅をひとつ、平兵衛の前に置いた。二十五両。殺しの依頼料である。ただし半金で、相手を仕留めてから後の金は渡されることになっている。

「こいつは、片桐さんに」

島蔵は右京の前にも、切り餅をひとつ置いた。

「相手は四人か」

右京が抑揚のない声で訊いた。

「へい、五十両じゃァすくねえが、これは、旦那方ふたりにも仕掛けてきた相手の始末だ。そこを汲んで、受けてもらいてえ」

島蔵は重いひびきのある声でいった。

通常、殺しは依頼人から島蔵が金を受け取り、その何割かを差し引いて殺し人に支払われる。ただ、今度の場合、依頼人はいない。強いていえば、島蔵が依頼人ということになり、金は島蔵の自腹である。

「いいだろう」

先に右京が金をつかんだ。

平兵衛はいっとき躊躇するように手を出さなかったが、

「仕方あるまいな」

と、いって金をふところにねじ込んだ。平兵衛が迷ったのは、殺し料の多寡ではなかった。まだ、斬れる自信がなかったのである。

だが、こうなったら受けるより他なかった。断っても、四人の殺し人は平兵衛の命を狙ってくるだろう。

「ありがてえ。それじゃァ、飲んでくれ。……おい、酒だ」

島蔵が声を張り上げた。

7

平兵衛たちが極楽屋で飲んでいたころ、柳橋の磯崎屋《いそざきや》という料理屋で杯をかたむけている男たちがいた。総勢五人。島蔵たちを襲った四人と楢熊だった。楢熊は五十がらみ、血色のいい福相の主で、博奕打ちの親分には見えなかった。黒羽織に縞の袷《あわせ》、角帯に洒落《しゃれ》た莨《たばこ》入れを挟み、大店《おおだな》の旦那のような格好をしていた。

「ここは、おれの馴《な》染《じ》みの店だ。遠慮なくやってくれ」

楢熊は機嫌よさそうに目を細め、ふたりの牢人に酒をついでやっていた。すでに、かなりまわっているらしく、巨軀の牢人の顔は仁王のように赭く染まっていた。もうひとりの痩せた牢人は、青白い顔のまま無表情に杯をかたむけている。

「それで、孫八はどうなったんだ」

楢熊が千次に訊いた。

すでに、楢熊は四人から島蔵と孫八を襲ったことやふたりが大川へ飛び込んで逃げたことなどを聞いていたのだ。

「おれが、匕首で肩を引き裂いてやったが、あの野郎、まだ生きてるはずだ」

大柄の町人がいった。

「あっしが、今日、孫八の長屋にいって覗いてきやしたが、婆《ばば》あがいただけでして。昨日から帰ってねえらしい」

千次がいった。

「島蔵がかくまっているのかもしれねえ」

大柄の町人はそういって、手にした杯を飲み干した。この男も酒に強いらしく、顔色はまったく変わっていなかった。

「いずれにしろ、しばらくは動けめえ。親分、その間に安田と片桐を始末すれば、地獄屋はつぶれますぜ」

「そうだな。孫八はともかく、腕のいい安田と片桐がいなくなりゃァ地獄屋など屁でもねえ」

　楢熊はうまそうに酒を飲み干した。

　いっとき、五人は酒を酌み交わしていたが、

「親分、本所や深川の方まで睨みがきくようになりゃァ、いろいろ手がひろげられやすぜ。口入れ屋の他にも料理屋や船宿から銭を集めたっていいし、もうひとつ賭場をひらいたっていい。そうなりゃァ、江戸中に親分の顔がきくことなりまさァ」

　千次がそういって、楢熊を持ち上げると、

「これも、おめえさんがた三人のお蔭だな。……それで、安田や片桐たちの始末はつきますかい」

　と、顔をひきしめて訊いた。

「ぬかりはない。……おれたちは、ここにいる三人の他にもいい駒を持っているのだ。やつらは、おれたちの掌のなかで踊ってるようなものよ」

　巨軀の牢人が嗤いながらいった。痩身の牢人は、黙って手酌で飲んでいる。

「それじゃァ、大船に乗ったつもりでおりやしょう。ところで、そっちの元締めはまったく顔を見せませんが」

　楢熊が訊いた。

「おれたちの元締めは仕事から名も顔も隠してるのだ。気にせずともいい。元締めの考えはよく分かっている」

「それで、元締めは殺しの仕事だけでいいといっていなさるんでしょうな」

楢熊が念を押すように訊いた。顔に不安そうな翳《かげ》が浮いている。

「おれたちの稼業は殺しだ。他のことをやるつもりはない。それに、元締めをはじめおれたちは闇に棲む獣だよ。博奕も他の金集めも親分に任せるしかないのだ。おれたちの手には負えぬからな」

巨軀の牢人がそういうと、痩身の牢人と大柄な町人がうなずいた。

それを見て楢熊は安心したらしく、

「そっちの元締めとも、うまくやっていけそうだよ」

といって、恵比寿《えびす》のような笑顔をつくった。

それから半刻（一時間）ほどすると、おれたちはそろそろ引き上げよう、といって、楢熊が腰を上げた。

「そっちは、つづけてくれ。店の方には話してあるから、ここに泊まってもかまわねえぜ」

そういい置いて、楢熊は千次を連れて座敷から出ていった。

階段を下りるふたりの足音が消えると、

「うまくいってるな」

と、巨軀の男が口元に嗤いを浮かべていった。

「千次もなかなかの役者だ」

瘦身の牢人が、くぐもった声でいった。杯に目をやったまま表情も動かさない。

「本所、深川、浅草、両国、下谷……。そのうち、江戸の大半はおれたちの縄張《しま》になりますぜ」

大柄な町人も、満面に笑みを浮かべていた。

「だが、森口《もりぐち》、これからが正念場だぞ。相模や孫八とはちがって安田と片桐はできる。……それに、むこうも本腰を入れておれたちを狙ってくるだろうよ」

瘦身の牢人がいった。どうやら、巨軀の牢人は森口という名らしい。名が知れぬよう、他人の前では、モリと呼んでいたのだろう。

「関谷《せきや》、やつらの動きは分かってるんだ。……ひとりずつ殺ればいい。ジワジワと島蔵の首を締めていくのさ」

森口はそういって銚子を取り、瘦身の牢人にむけた。瘦身の牢人は、関谷という名のようだ。

「いずれにしろ、安田だけはおれが斬る」

杯で酒を受けながら、関谷が強い口調でいった。

第三章　危機

1

「行ってくるぜ」

忠五郎が、極楽屋の縄暖簾を威勢よく撥ね上げて表へ出てきた。暖かい風が吹いていていた。掘割の水面には、晩春の陽光がかがやいている。極楽屋の前の空地は若草が茂り、草花が咲き乱れていた。白い蝶が気持ちよさそうに飛びまわっている。

「忠五郎の兄い、機嫌がいいじゃァねえか。何か、いい仕事があったのか」

店の脇で、亀の世話をしていた裕三が顔を上げて訊いた。

裕三は、地獄宿に住む者たちに特別な親しみを感じていた。境遇の似ている者が多かったこともあるが、孤独な裕三にとって地獄宿の住人だけが身内のように思えたのである。

「おおよ、門前仲町《もんぜんなか》の料理茶屋でな、地まわりといざこざがあったらしいや。それで、おれが談判に行くのよ」

忠五郎は顎を突き上げるようにして、昨日、親父さんから話があったんだ、と付け足した。門前仲町は富岡《とみおか》八幡宮の門前にひろがる町で、料理茶屋や飲み屋などが軒を連ねる繁華街になっていた。

「いいなァ、おれなんざ。ここ、半月ほど仕事らしい仕事はありゃァしねえ。ふところは、すっからかんだよ。親父さんに、めしだけは食わせてもらってるが、何とかしねえと、兄いの敵《かたき》討ちどころじゃァなくなっちまう」

裕三の生気のない顔に、暗い翳《かげ》が張りついていた。

「なに、そのうち、いい仕事が舞い込んでくるさ。それまで、亀の世話でもしてりゃァいいやな」

そう言い残して、忠五郎は掘割にかかる橋を渡っていった。

四ツ（午前十時）ごろだろうか。忠五郎は大股で掘割沿いの道を歩いていた。南風のなかに潮と木の香りが混じっている。

右手にはひろい材木置き場があり、原木や製材した木材などが積んであった。通りに人影はなかったが、材木置き場のなかには黒半纏《くろはんてん》に股引姿の川並人足や大鋸《おが》挽《ひ》きなどの姿が見えた。陽炎がたち、そうした光景が揺らいでいた。

忠五郎が仙台堀《せんだい》にかかる要橋《かなめ》のちかくまで来たとき、右手に積んであった杉の丸太の陰から、ふいに男がふたり飛び出してきた。千次と大柄な町人だった。ふたりはふところ手をしたまま忠五郎の行く手に立ちふさがった。

「なんでえ、おめえたちは」

ふたりのことを知らない忠五郎は、声を荒らげて凄んだ。強面であるだけに、凄みをきかせて睨みつけるとたいがいの男は身を引くのである。

「忠五郎さんですかい」

千次が口元に嗤いを浮かべながら訊いた。

「そうよ。おれに、何か用かい」

いいざま、忠五郎は背後を振り返った。逃げ道を探したのだ。その忠五郎の顔がこわばった。十間ほど後ろにも、遊び人ふうの男がふたり立っていたのだ。

「用はねえが、おめえを始末してえのよ」

いいざま、千次がふところから匕首を抜いた。同時に、大柄な男がすばやい動きで忠五郎の背後にまわり込んできた。

一瞬、硬直したようにその場につっ立った忠五郎は顔をひき攣《つ》らせ、ウワァ！という悲鳴とも呻《うめ》きともつかぬ声を発して、右手の材木の積んである空地へ逃れようとした。

「逃がすかい」

　叫びざま、大柄な男が地を蹴った。体は大きいが、動きは敏捷《びんしょう》だった。

　男は匕首をふりかざして忠五郎の背後に飛び付き、首筋に振り下ろした。匕首は忠五郎の首根に深々と刺さった。

　瞬間、忠五郎は呻き声を上げてのけ反《ぞ》り、男が匕首を抜きざま背後に跳んだ。次の瞬間忠五郎の首筋から血が奔騰した。春の陽射しのなかに噴出した血は、赤い絹布のように鮮やかだった。

　忠五郎は血を撒きながらよろよろと歩いたが、叢に足を取られて転倒した。

「たわいもねえ」

　男は匕首の血を倒れた忠五郎の袖口で拭うと、その脇腹を爪先で蹴った。喉から弱々しい喘鳴《ぜんめい》が洩れていたが、立ち上がる気配はなかった。

　いっとき、忠五郎の首根から噴出した血が、シュル、シュルと音をたてて若草の茎を揺らしていたが、やがてその音もしなくなった。

「栄二郎《えいじろう》の兄貴、こいつを引きずって堀にでも流しやしょうか」

　後方にいたふたりが、近付いてきて訊いた。ふたりとも若い男で、楢熊の手先だった。

大柄な町人の名は、栄二郎というらしい。

「いい、地獄屋のやつらは、いずれ気付くだろうよ」

そういうと、栄二郎は何事もなかったようにふところ手をして歩きだした。千次がつづき、その後に若い男がふたり従った。


それから半刻（一時間）ほどして、又吉《またきち》という人足が極楽屋に飛び込んできた。又吉は長屋の住人ではなかったが、ときどき極楽屋に顔を出し、島蔵の斡旋でちかくの材木問屋に手間賃稼ぎに雇われるようなこともあった。

又吉はちょうどちかくの貯木場で川並《かわなみ》人足として働いていて通りかかり、倒れている忠五郎を目にしたのである。

「親父さん、忠五郎が殺《や》られてますぜ」

又吉は島蔵の顔を見るなり、声を上げた。

「なに、忠五郎が、どこだ」

「要橋のちかくの空地で」

「すぐ、行く」

島蔵が袖をたくし上げていた片襷《かただすき》を乱暴にはずし、飯台の上に放り投げた。

店のなかにたむろしていた裕三、熊八、蓑造の三人が、顔色を変えて立ち上がった。その拍子に空樽が倒れ、ころがって飯台の脚に当たって音をたてた。

又吉と島蔵が飛び出し、裕三たちがつづいた。

空地の叢のなかに、数人の男が集まっていた。付近の材木置き場で働いている人足や大鋸挽きらしい。

春の陽は頭上にあった。風がやんでいる。陽射しが強く、暑いくらいである。男たちの周囲を、ひらひらと白い蝶が飛んでいた。

島蔵たちが駆け付けると、人垣が割れて道をあけた。その動きに驚いたのか、蝶は風に流されながら飛び去っていく。

叢のなかに大柄な男がつっ伏していた。忠五郎である。周辺の若草にどす黒い血が散っている。

「忠五郎……」

ぼそり、といって、島蔵は立ったまま死骸に目を落とした。首から胸にかけて血に染まっていた。首筋を短い刃物で突き刺したようである。

――殺ったのは、素人じゃァねえ。

一目で、それと知れた。

忠五郎を手にかけたのは、四人の殺し人のうちのだれかであろう。刀傷でないことからみて、千次かもうひとりの町人のどちらかとみていいようだ。

「忠五郎の兄貴……」

裕三が、死骸のそばに屈み込んで喉をつまらせた。熊八と蓑造も泣きだしそうな顔で、死骸を見つめている。

「おい、だれか、こいつを殺ったやつを見た者はいねえか」

島蔵がぐるりにつっ立っている野次馬たちに声をかけた。

すると、川並らしい若い男が、見たぜ、といって、近寄ってきた。細い川並股引《ももひき》が汗で濡れていた。

「殺ったのは、だれだい」

島蔵が訊いた。

「名は分からねえ。遊び人ふうのやつらが、四人いたぜ」

若い川並によると、近くの貯木場にいて男の叫び声を聞き、そっちに目をやると、ふたりの男が忠五郎に襲いかかり、別の男がふたり駆け寄るところだったという。

「図体のでけえやろうが、匕首で刺したようですぜ。……この男を殺った後、四人は仙台堀沿いを西にむかっていきやした」

若い男がそういうと、別の四十がらみの男が、

「その四人組なら、あっしも見かけやしたぜ」

と、言い出した。

男は船頭で、仙台堀の桟橋に猪牙舟を繋いで通りへ出たとき、ちょうど要橋の方から歩いてきた四人組と鉢合わせをしたという。

どうやら、忠五郎を殺ったのは大柄な町人のようだ。この空地で、三人の仲間と忠五郎を待ち伏せていたのだろう。

「あいつら、楢熊んとこの若い衆《し》ですぜ」

船頭は、賭場で見たことのある顔だ、といい添えた。

「やっぱり、そうかい」

島蔵は声を抑えていった。

2

島蔵は蓑造を極楽屋に走らせ戸板を持ってこさせた。それで忠五郎の死骸を運び、空地に埋葬してやるつもりだった。

島蔵としては騒ぎを大きくしたくなかったが、地獄宿にいた連中が十人ほど蓑造についてきた。どの顔も悲憤に顔をひき攣《つ》らせ、殺気だっていた。すでに仲間が何人か殺されている上に、極楽屋のちかくで襲われたことで、地獄宿の連中の衝撃は大きかったようだ。それに、今回は殺った相手がはっきりしていた。四人とも楢熊の息のかかった者たちなのである。

集まった連中は、親父さん、このままにしちゃァおけねえ、楢熊のとこへ、押し込みやしょう、などと口々にいいたてた。

「まず、こいつを弔《とむら》ってやるのが、先だ」

島蔵は、興奮した男たちを鎮めようとした。このまま大勢で楢熊のところへ押しかけでもしたら大変な騒ぎになる。楢熊を殺る前に、こっちが殺られるかもしれない。町方も出張ってくるだろう。うまくいって、楢熊と共倒れだった。

それに島蔵の胸の内には疑念があった。その疑念が、はっきりしないうちは仕掛けられない、と島蔵は思ったのである。

「だがよ、親分、このままじゃァ、忠五郎や伊之助たちがうかばれねえや」

与吉が身を顫わせて、泣き声を上げた。

「分かってる。このままにする気はねえ。だが、この死骸《おろく》をここに置いておくことはできめえ。野良犬が食いちぎるぜ」

島蔵がどすの利いた声でいうと、さすがに与吉たちもおとなしくなった。

「町方に聞かれたら、死骸は行き倒れとでもしておいてくれ」

島蔵は、集まっていた野次馬たちに声をかけた。町方に身辺でも探られ、殺しの裏稼業を嗅ぎ付けられたら、それこそ地獄屋はつぶれてしまう。ここに集まっている連中も、町方にいらぬことを喋ってかかわりを持ちたくないはずで、島蔵の頼みどおりに答えるだろう。

地獄宿の連中の手で忠五郎の死骸を戸板で運び出し、伊之助のそばに埋めてやった。そして、墓石の代わりに手頃な丸石を拾ってきて置き、長屋に住む坊主くずれの恵松《けいしょう》という初老の男が、あやしげな読経《どきょう》を上げた。それで、埋葬は終わりである。

集まった連中が丸石の前で合掌し、長屋にもどり始めたとき、

「蓑造、耳を貸せ」

島蔵が蓑造に耳打ちした。

「与吉、裕三、恵松、辰兵衛《たつべえ》、四人をここに呼んでこい。おれから頼みがある」

「へい」

蓑造は目をひからせて、すぐに長屋の方にむかった。

島蔵は店のなかでなく、忠五郎を埋葬した土盛りのそばに立ったまま待っていた。島蔵

は、忠五郎を殺すために四人の男が待ち伏せしていたとみていた。しかも、極楽屋の近くである。忠五郎を狙ったのなら、出かけることを知っていなければ無理である。そう考えると、島蔵と孫八が板橋屋の帰りに大川端で襲われた件も同じだった。

あの日、人通りのない大川端で待ち伏せするには、島蔵たちが板橋屋からの帰りにそこを通ることを知っていなければできない。それに、島蔵と孫八を仕留めるために腕のいい牢人もくわわっていた。初めからふたりを殺すつもりだったのである。

——地獄宿のなかに転《ころ》んだやつがいるのかもしれねえ。

と、島蔵は思った。

転ぶというのは、裏切るという意味である。敵に情報を漏らしたり、内通したりして仲間を売ることを、仲間内で転ぶと呼んでいた。

ちかごろろくな仕事もなく、地獄宿の住人たちは困窮していた。楢熊の手の者に相応の金を握らされれば、情報を売るやつがいてもおかしくない。そうした疑念があったので、島蔵は店内ではなく、外で話そうと思ったのである。

いっとき待つと、蓑造たち五人が集まってきた。

「おめえたちに、おりいって頼みがある。耳を貸せ」

島蔵が声を殺していうと、男たちは首を突き出すようにして顔を寄せてきた。

「おめえたちも感付いているだろうが、今度の件の裏には梱熊がいるようだ。そこでな、梱熊の身のまわりを探って欲しいんだ」

「へい」

蓑造が答えた。他の四人の顔には驚いたような表情が浮いたが、すぐにうなずいた。

「それに、元鳥越町にある賭場と女房にやらせている菊乃屋《きくのや》の辺りに張り付いて、いまから話す四人の男が姿を見せたら跡を尾けてくれ」

島蔵は、千次、大柄な町人、巨軀の牢人、痩身の牢人の四人の風体を話した。痩身の牢人は接触していなかったので、あらためて裕三に話させた。

島蔵が集めた五人は、転ぶ心配のない男たちだった。それに、探索や尾行には都合のいい連中である。裕三は兄が殺されたことで、梱熊たちに強い憎しみを持っていたし、他の四人は長年地獄宿に住み、お互いの気心も知っていた。それに、裕三、蓑造、与吉は身軽で、すばしっこかった。恵松は老齢だが、坊主だった経験があり、雲水にでも化けて托鉢《たくはつ》にまわればいい。辰兵衛は元浅蜊《あさり》売りだった。浅蜊を売り歩きながら、探ることができるだろう。

「これは、おれの仕事だ。手を出せ」

島蔵はふところから巾着を取り出した。

五人の男たちは目を光らせて、両手を差し出した。島蔵は、それぞれの手に一分銀をひとつずつ落としてやった。

「あ、ありがてえ。これで、酒が飲める」

蓑造が、声を震わせていった。

他の四人も、嬉しそうな顔をした。恵松などは、握りしめた両手を額に当てて島蔵を拝んでいる。

「だがな、この仕事は命賭けだぜ。おめえたちが探っていることが相手に知れりゃァ、伊之助や忠五郎と同じ目に遭うんだ」

「へえ……」

蓑造が首をすくめた。男たちの顔が急にこわばった。いかに危険な仕事であるか、分かったようだ。

「何かに化けていけ、物売りでも職人でも坊主でもいい。楢熊たちに地獄宿の者だと知られねえようにするんだ。それに、深追いはするんじゃァねえぞ。あぶねえと思ったら、すぐに引き上げることだ」

島蔵が念を押すようにいった。

「分かりやした」

「商売道具や衣装が欲しけりゃァおれが用意してやる。何かあれば、いえ」

島蔵がそういうと、辰兵衛が腹を押さえながら前に出てきて、

「お、親分、その前に、めしが食いてえ。昨日から、何にも食ってねえんで」

と、情けない声でいった。

「そいつは、すまねえ。腹が減ってちゃァなにもできめえ。まず、腹に何かつめてくれ」

島蔵は、五人の男たちを店に連れていった。

入ってきた島蔵たちを目敏く見つけた千草が、飛んできた。

「千草、こいつらにめしを食わせてやってくれ」

「分かった。すぐ、支度するから」

千草は急いで板場へもどった。

3

「まゆみ、宗順《そうじゅん》さまのところへ行ってくる」

刀箱を持って、平兵衛が立ち上がった。

宗順というのは、平兵衛が弟子入りした刀研ぎの師匠だった。まゆみがまだ幼かったこ

ろ、刀の研ぎ師にでもなって暮らしていきたいと考え、一時期弟子入りして修行したのである。それに、老いて体が動かなくなったら、殺しの足を洗うつもりもあった。

宗順の許を去って数年経つが、平兵衛はいまでもときどき宗順のところへ行くといって刀を持って出かけることがあった。実際に宗順を訪問することもあったが、多くは殺しにかかわって家をあけるときの口実だった。

「父上、夕餉までには帰ってくださいね。……今日は、父上の好物の鰯《いわし》を焼きますから」

まゆみは古い単衣《ひとえ》をひろげて、部屋の隅で針を使いながらいった。まゆみは、まったく疑っていないようである。

「陽が沈むまでには帰ってこよう」

そういい置いて、平兵衛は長屋を出た。

平兵衛がむかった先は、本所番場《ばんば》町だった。表店のつづく通りから、すこし入った人家のとぎれた寂しい地に妙光寺《みょうこうじ》という無住の小寺があった。そこで、真剣を振るつもりで足を運んできたのである。

妙光寺の境内《けいだい》は狭いが、鬱蒼《うっそう》と葉を茂らせた杉や樫《かし》の常緑樹が周囲をかこっていた。人目を忍んで真剣を振ったり剣の工夫をするのにいい場所である。

人影のない境内に着くと、平兵衛はすぐに袖無しを脱ぎ、筒袖とかるさん姿になった。

そして、刀箱から愛刀の来国光を取り出すと、ゆっくりとした動作で素振りを始めた。

平兵衛は殺しを決意すると、ここに来て体を鍛《きた》えなおすことが多かった。鍛えるといっても、若いころの強靭で敏捷な肉体をとりもどそうというのではない。老いた体はいかに鞭《むち》打とうとも、どうにもならないことは分かっていた。せめて、勝負時の勘と一瞬の反応だけでも、とりもどしたかったのである。

小半刻（三十分）ほど、真剣を振ると全身が汗ばんできた。体がほぐれたところで、平兵衛は金剛流の構え、寄り身、敵との間積もりなどを念頭に置き、さまざまな刀法を試してみた。

平兵衛は少年のころから金剛流を学んでいたが、二十歳のころに道場をやめた。家は五十石取りの御家人だったが、父親がささいなことで上役を斬り、切腹の上家も潰《つぶ》された。その後、母親とふたりだけの牢人暮らしがつづき、極楽屋に立ち寄ったのが縁で殺しに手を染めるようになったのである。

当初は金剛流の刀法で人を斬っていたが、実戦を通して自分なりに剣の工夫をし、腕を磨いてきた。多くの殺しを手掛けるうち、人斬り平兵衛の名は江戸の闇の世界にひろまり、地獄屋のなかでも腕利きの殺し人となった。

三十過ぎに母親が病死し、やはり牢人の娘だったおよしと所帯を持ち、まゆみが生まれた。およしには金剛流の道場で師範代をしているといっていたが、うすうす殺しに手を染めていることを知っていたようである。そのおよしが十年ほど前に流行病《はやりやまい》で急逝し、いまはまゆみとふたり暮らしである。

平兵衛には『虎《とら》の爪《つめ》』と称する必殺剣があった。金剛流にある剣ではない。平兵衛が殺しの実戦のなかで工夫し会得した一撃必殺の剣である。

平兵衛は虎の爪の刀法の稽古を始めた。

まず、刀身を左肩に担ぐような逆八相に構え、そのまま間をつめて敵の正面へ鋭く身を寄せる。一気に間をつめられた敵は、退くか正面に斬り込んでくるしかない。退けば、なお踏み込んで間をつめ、正面に斬り込んでくれば、逆八相から刀を撥ね上げ、刀身を返して袈裟に斬り下ろすのである。

敵の右肩に入った一撃は、鎖骨と肋骨を截断して左脇腹へ抜ける。その大きくひらいた傷口から截断した肋骨が覗き、猛獣の爪のように見えることからこの剣を虎の爪と称していた。

この虎の爪は、逆八相からの鋭い寄り身と敵の斬撃を撥ねあげる膂力《りょりょく》、それに一気に間合へ入る豪胆さが求められる。

平兵衛が小半刻ほど虎の爪の刀法を繰り返すと、老体が喘ぎだした。胸がふいごのように鳴り、節々が痛み、全身汗まみれになった。

――若いころは、この程度では汗もかかなかったが。

肉体の衰えは、いかんともしがたかった。平兵衛はその場につっ立って荒い息を吐いていた。

そのとき、背後に足音がした。振り返ると、菅笠をかぶり道中合羽に身をつつんだ旅装束の男が近寄ってきた。

「旦那、あっしで」

笠を取った顔は、孫八だった。

「どうした、その格好は」

「へい、ちょいと与吉から昔の装束を借りてきやした」

孫八は照れたような顔をしていった。

与吉は博奕打ちくずれと聞いていたが、江戸に流れついたとき身につけていた旅装束なのだろう。

「顔を見られたくねえし、傷口もまだくっついちゃァいねえんで、こんな格好をして出て来たんでさァ」

孫八は、楢熊の手下の目を避けるために変装してきたようである。

「よく、ここが分かったな」

「旦那の長屋を表から覗いて見ると、娘さんしかいねえようなので、ここじゃァねえかと」

孫八は、平兵衛が殺しを手がけるときはここに来て、体を鍛えなおすことを知っていた。

「それで、用は何だ」

「へい、いま、地獄宿の者たちは命懸けで楢熊のところの殺し人たちを追っていやす。あっしだけ、寝てるわけにはいかねえんで」

「気持ちは分かるが、その体では匕首も握れまい」

「ですが、足は動きやす。せめて、あっしゃ元締めを襲ったやつらの居所をつきとめ、旦那や片桐さんの手伝いをしてえんで」

孫八は訴えるような口調でいった。

「そういうことなら、頼むが」

平兵衛は孫八の気持ちも分かった。それに、孫八の探索や尾行の腕は岡っ引きなどより確かである。

「ひとりずつだな。……まず、千次という男を始末したい。できれば牢人たちが何者なのか、口を割らせてから斬りたいが」

「ようがす、千次の塒《ねぐら》をつきとめやしょう」

そういうと、孫八は菅笠をかぶり、きびすを返した。

それから、平兵衛は半刻（一時間）ほど、虎の爪の稽古をしてから妙光寺を出た。

4

裕三が亀を飼っている空樽を覗いていると、千草がそばにきて、樽のそばに屈み込んだ。短い影がふたつ、樽のそばに伸びている。

「この亀、かわいそうじゃないの」

千草が樽のなかを覗き込みながらいった。

「どうしてよ」

「狭いなかで、這いまわってるだけじゃない。外のひろいところへ放してやったら」

「そうはいかねえ。兄いが、ずっとちいちぇえときから世話してたんだ」

裕三は、とがった声でいった。

裕三と千草は顔を合わせると言い争いになることが多かった。それでも裕三は内心千草に姉弟《きょうだい》のような親しみを感じていた。千草に自分と同じような孤独の影をかぎ取ったからかもしれない。

「そう、あんたの勝手だから、いいけど。……ところでさァ、ちかごろあんたたち何処《どこ》へ出かけてるの。変だよ、あんただって、船頭でもないのに、船頭みたいな格好しちゃってさ」

千草は不審そうな顔をして訊いた。

「おれは、船頭を頼まれてるんだよ」

「与吉さんや辰兵衛さんは」

「他人《ひと》のことは知らねえ。この宿は、他人が何をしてようが、かまわねえんだ。それが、ここのいいところさ」

そういうと、裕三は立ち上がり、出かけてくらァ、といい残して、樽のそばから離れていった。

「ちょっと、待ってよ」

千草が呼びとめた。

「何でえ」

「気をつけた方がいいよ。ここに住んでる人が、何人も殺されてるっていうじゃァないか」

千草が声をひそめていった。

「おれの兄いもな。だから、おれは敵を討ちてえんだ。宿のなかに隠れてるわけにはいかねえんだよ」

「あんたの気持ちも分かるけど、死んじまったら、おしまいじゃないか」

千草は心配そうに眉を寄せていった。

「死んだっていいさ。あの世には、兄いやおとっつァん、おっかさんもいるからな」

「……………」

「そうだ。おれが死んだらよ、その亀を堀に放してくんな」

裕三はそういうと、小走りに離れていった。

千草が店にもどっていっときすると、右京が入ってきた。相変わらず、端整な顔には物憂いような翳《かげ》が浮いている。

「いらっしゃい」

千草は嬉しそうな顔をして右京に身を寄せた。このところ、しつこく言い寄ることはしなくなったが、それでも右京の身近にまとわりつくことが多かった。

右京は千草にかまわず、

「酒と肴を頼む」

無愛想な声でそういうと、隅の飯台に腰を下ろした。

店内には、ふたりの男がめしを食っていた。蓑造と辰兵衛である。蓑造は半纏《はんてん》に細い股引という川並人足か船頭のような身装《なり》をしていた。辰兵衛はむこう鉢巻に黒の腹掛、ぼてふりのような格好である。

「どうした、その格好は」

右京が訊いた。

「なに、ちかごろいい仕事がねえんで、人足にでも雇ってもらえねえかと材木問屋をまわってるんでさァ」

蓑造が苦笑いを浮かべながらいった。辰兵衛は何もいわず、へらへらと笑っているだけである。

そんなやり取りをしている間に、千草が酒と肴を運んできた。いっしょに、小丼を手にした島蔵も顔をだした。

「芹《せり》の胡麻《ごま》和えでさァ、なかなかいけますぜ」

島蔵は右京の前に小丼を置いてから、脇の空樽に腰を下ろした。

「元締めが摘《つ》んだのか」

「いや、裕三の野郎が亀の餌を捕りにいって、堀端で摘んできたんでさァ」

島蔵は、そばに立っている千草に気付き、おめえは流し場で洗い物でもやってくんな、と声をかけた。

千草は右京に、手がすいたらお酌に来るからね、といい残して、板場の方へもどっていった。

千草が板場に姿を消すと、蓑造と辰兵衛も腰を上げ、島蔵と目配せし、行ってきやす、と声をかけて店から出ていった。

「動き出したようだな」

ぽつり、と右京がいった。

右京も、蓑造や辰兵衛が島蔵の指示で何か探っていることを察知したようだ。

「楢熊と殺し人たちでさァ」

島蔵が、周囲に目をやりながら小声でいった。店のなかは、がらんとしてふたりの他にだれもいなかった。板場の方から、千草の使う水音が聞こえてくるだけである。

「やはり、楢熊の手の者たちか」

「まちげえねえんだが、どうも気になってましてね」

島蔵の顔に、戸惑うような色があった。

「何が、気になるんだ」

「すこし、楢熊が表に出過ぎてるような気がしてね。……この店のちかくで、楢熊の手下と分かる連中に忠五郎を襲わせたんですぜ。しかも、日中、人目のあるところでね」

島蔵は、忠五郎が殺された経緯をかいつまんで話した。

「まるで、喧嘩をふっかけてるような手口なんで」

「たしかにそうだが、千次が楢熊の片腕であることはまちがいないのだろう」

「そりゃァもう」

島蔵は銚子を取って、右京の猪口に酒をついでやった。

「相手はだれであろうと、四人の殺し人を始末すれば片はつこう」

右京はそういって、猪口をかたむけた。

「へい、そのとおりで……。ですが、もうひとつ、気にかかってることがありましてね」

島蔵は、さらに声を低くしていった。

「…………」

「どうも、おれたちの動きが、むこうに漏れているようなんで」

「内通している者がいるのか」

「はっきりしやせんが、そんな気が……。もっとも、ここにいる連中は世間の爪弾《つまはじ》きにあった連中ばかりでしてね。金を見せられりゃァ、仲間を売るようなやつもいるかもしれやせん」

島蔵は、また店のなかに視線をまわした。

「そうか。ともかく、早く殺し人たちを始末せねばならんな」

「そうなんで。このままじゃァ仲間内のたがが緩んで、地獄宿の連中もばらばらになっちまう。それに、このところ仕事がねえんで、みんな苛々《いらいら》してましてね。そのうち、おれもここの連中も干上がっちまいますよ」

島蔵は顔をゆがめて苦渋の表情を浮かべた。

地獄宿の危機ということらしい。それは、右京にとっても危機ということになる。元締めと殺し人、立場はちがうが同じ船に乗り合わせているのだ。

「ともかく、相手の居所が分かったら知らせてくれ。すぐに、始末する」

右京は、四人のうちだれからでも仕掛けるつもりでいた。

「頼みますぜ」

そういい置いて、島蔵は板場の方にもどった。

右京は一刻半（三時間）ほど飲み、人足の仕事からもどったらしい半裸の男が三人、店に入ってきたのを機に腰を上げた。かなり飲んだが、かすかに白皙に朱が掃いているだけで、右京の表情はほとんど変わらなかった。

店の外は暮色に染まっていた。鴇色の残照が西の空をおおっていたが、掘割や材木置き場などは夕闇に沈み始めていた。暖かい風が吹いていた。何処からか、犬の遠吠えが聞こえてくる。

「待って、片桐さま」

背後から、千草が追ってきた。

右京は立ち止まった。

「何か用か」

「用はないけど、いっしょに帰ろうと思ってさ。……そんなに邪険にしなくたっていいじゃァないか」

千草は右京に体を寄せ、寄り添うようにして歩いた。

右京は無言だった。千草にはかまわず、ふところ手をしたまま己の歩調で歩いていく。遅れまいと、千草はときどき小走りになって跟いてきた。

5

孫八は稲荷の祠《ほこら》の陰に張り付いていた。夕闇が辺りをおおっている。孫八の黒の半纏に黒股引姿は、闇に溶けていた。数本の檜《ひのき》が祠を囲い、その樹間の先に灯《ひ》が落ちていた。菊乃屋《きくのや》の掛行灯の灯である。

菊乃屋は楢熊がお仙《せん》という女房にやらせている料理屋である。

ここ数日、孫八はこの稲荷に身をひそめて、料理屋に出入りする者たちを探っていた。ときどき、雲水やぼてふりなどに身を変えた地獄宿の者たちが近くを通り、様子をうかがっていたが、孫八は祠の陰に身を寄せたまま動かなかった。

――そろそろ、姿を見せてもいいころだが。

楢熊や手下たちは、連日姿を見せていたが、千次も殺し人らしい男も姿を見せなかった。

辺りはしだいに闇が濃くなり、掛行灯の灯がくっきりと見えるようになってきた。客らしい男は何人も出入りしていたが、千次たちはあらわれない。

今夜も無駄骨か、と思い始めたとき、男の話し声がし、路地に人影があらわれた。

三人。いずれも、町人体の男だった。

――来た！

千次の姿があった。他のふたりは、楢熊と浅黒い肌をした大柄な男である。

三人は、何やら濁声《だみごえ》で話しながら菊乃屋へ入っていく。おそらく、酒でも飲むつもりなのだろう。まず、一刻（二時間）は出て来ないだろうと読み、孫八は祠の陰から通りへ出た。その間に、腹ごしらえをしてこようと思ったのである。

孫八は急いで近くのそば屋へ行き、腹を満たすと、小半刻（三十分）ほどでもどった。留守の間に、千次たちに帰られたくなかったのである。

なかなか、千次たちはあらわれなかった。四ツ（午後十時）ちかくなっていた。すでに、後から入った客も店を出ている。

泊まる気かな、と孫八が思い始めたとき、玄関先に女の姿があらわれ、つづいて千次が顔を見せた。楢熊はいなかった。女将《おかみ》のお仙に送られて出てきたのは、千次と大柄な町人だった。おそらく、楢熊だけはお仙のいる菊乃屋に泊まるのだろう。

千次たちが、店から半町ほど離れたところで、孫八は通りにでた。

弦月が皓々《こうこう》とかがやいていた。短い影が足元に落ちている。風のない静かな夜だった。

千次たちは、掘割沿いの道を通って千住街道へ出ると、浅草御蔵の前を浅草寺の方へむかった。孫八は物陰や軒下闇などをつたいながら、巧みにふたりの跡を尾けていく。

ふだんは賑やかな街道だが、この時間になると、ほとんど人影はない。ときおり、夜鷹らしい女や飄客《ひょうかく》などが、行き過ぎるだけである。

黒船《くろふね》町を過ぎて諏訪《すわ》町に入ったところで、千次と大柄な男が何やら言葉を交わして別れた。千次は街道をそのまま進み、大柄な男は右手の路地へ入った。

——どっちを尾けようか。

孫八は迷ったが、千次を尾けることにした。平兵衛に、まず千次の塒《ねぐら》をつかむといってあったからだ。

尾行は楽だった。軒下や物陰をつたっていく孫八の姿は闇に溶けたが、千次の姿は月明りに浮かび上がったように見えている。

千次は足早に歩いていく。駒形町《こまがた》、材木町《ざいもく》を過ぎ、吾妻橋《あずま》のたもとを過ぎて花川戸町《はなかわど》へ入り、しばらく歩いたところで右手の路地へまがった。

孫八は走った。ここで、千次の姿を見失いたくなかった。

狭い路地だった。暗い。

千次の姿が見えなかった。両側に小体な裏店や長屋などがごてごてとつづき、月のひかりを遮《さえぎ》っていた。孫八は闇の濃い洞窟のような路地を、足音をたてないようにして走った。

——いた！

千次は、軒先にちいさな酒林《さかばやし》の下がっている酒屋の角をまがるところだった。長屋につづく路地木戸になっているらしい。

千次は木戸をくぐってなかへ入っていったようだ。

近寄って木戸の脇から覗いてみると、突き当たりに棟割り長屋らしい柿葺《こけらぶ》きの建物が数棟並んでいるのが見えた。どうやら、千次はこの長屋の住人らしい。

孫八は、そのまま木戸から離れた。千次の宿かどうか、確認するのは明日である。

翌朝、孫八は貧乏徳利を持って花川戸町まで足を運んできた。長屋の住人に当たってみる前に、角の酒屋で訊いてみようと思ったのである。

五十がらみのあるじは、孫八を見てうさん臭そうな顔をしたが、徳利に下《くだ》り酒を入れてくれと頼むと、急に愛想がよくなった。

「裏の長屋でございますか。伊勢政《いせまさ》という粋な名がついてましてね。家主が伊勢の出の政《まさ》吉《きち》さんとか。政吉長屋じゃァ、重みがないとでも思ったらしく、料理屋みたいな名にしたようなんです」

あるじは、訊きもしないことまでしゃべった。

「千次という男を知ってるかい」

孫八が訊いた。

「は、はい……。長屋に住んでおりますが、お客さん、何か千次さんとかかわりでも」

あるじは愛想笑いを消し、表情をこわばらせた。どうやら、千次を怖がっているようである。楢熊の片腕であることを、知っているのかもしれない。

「いや、料理屋で顔を合わせて話をしただけだ。そんとき、この辺りの長屋に住んでると耳にした覚えがあったので、訊いてみたのよ」

孫八は適当にいいつくろった。

「そうですか。いや、あまりよくない噂を聞いてますもので……」

あるじは、首をすくめて見せた。

「まだ、独り者《もん》だろう」

酒代を渡しながら、孫八が訊いた。

「はい、長屋には独りで住んでるようです」

あるじは、掌の上の銭を数えながらいった。

「料理屋では髭の濃い大柄な牢人と飲んでたが、ここにも顔を見せるのかい」

孫八は、念のため訊いてみた。

「い、いえ、そのような方は見たことありませんが」

あるじは怪訝《けげん》な顔をした。

「そうかい。また、寄らせてもらうぜ」

すぐに話を打ち切って、孫八は酒屋を出た。それ以上訊くことはなかった。とりあえず、千次の宿が知れればいいのである。

それから二日後、孫八は伊勢政長屋から千次の跡を尾け、元鳥越町の賭場へ出かける道筋を確認した。そして、頃合をみはからって妙光寺へ足を運んだ。

6

孫八は、貧乏徳利を手にして妙光寺の朽ちかけた山門をくぐった。

うす暗い境内で、平兵衛が真剣を振っていた。刀身が頭上にきたときだけ、木洩れ日を反射《はね》て射るようにひかった。老体だが、その動きには剣の手練《てだれ》らしい威風がただよっている。

「旦那ァ」

孫八が声をかけると、平兵衛は動きをとめて振り返った。

「孫八か、何かつかんだのか」

平兵衛は刀を鞘に納めて、額に浮いた汗を手の甲で拭いながら訊いた。

「一息入れちゃァどうです。下りものですぜ。いっしょにやりやしょう」

孫八は酒の入った徳利を顔の前にぶら下げて見せた。平兵衛に飲ませるつもりもあって、酒屋で買ったのである。

「ありがたいな。だが、傷にさわらぬか」

平兵衛は本堂の方へ歩きながら振り返って訊いた。

「なに、すこしぐれえなら。……それに、だいぶ傷口もふさがりやしてね。痛みもほとんどねえんで」

孫八は顔をほころばせていった。

本堂といっても屋根の半分ほどはくずれ落ち、雨戸もなく朽ちかけた柱と粗壁《あらかべ》がわずかに残っているだけである。狐狸も棲めないような荒れ寺である。

その本堂の前の石段に平兵衛と孫八は並んで腰を下ろした。

「こいつで、やってくだせえ」

孫八は、ふところから茶飲み茶碗をふたつ取り出し、平兵衛にひとつ渡して徳利を取った。

「すまぬな」

「で、旦那、手の方はどうです」

酒をつぎながら、孫八が訊いた。

孫八は、平兵衛が殺しを意識すると、手が震えだすことを知っていて訊いたのだ。

「まだ、その気になってはおらぬようだ」

平兵衛は孫八の前で、左手をひらいて見せた。研ぎ胼胝《だこ》のできた手に震えはなかった。

孫八がつぎ終わると、平兵衛は喉を鳴らして一気に飲み干し、うまい！　といって、ひとつ大きく息を吐いた。

「ですが、すぐにも震えだすかもしれませんぜ」

孫八は、自分の茶碗にもついだ。

「何か、つかんだのか」

「へい、千次の塒《ねぐら》をつかみやした」

孫八は花川戸の長屋のことや元鳥越町の賭場への道筋などを話した。そして、茶碗酒を口に含むようにして飲んだ。ひさしぶりの酒なのだろう。いっとき、孫八は臓腑《はらわた》にしみる酒の味を楽しむように目を細めていた。

「そこに住んでいるのは、千次、ひとりか」

平兵衛が訊いた。

「へい」

「ひとりなら、片桐さんの手をわずらわせることもないな。孫八、明日の晩にでも仕掛けるか。早い方がいいだろう」

「承知しやした」

孫八は、平兵衛の茶碗にもう一度ついでやった。

「念のため、酒を用意してもらえるかな」

平兵衛が、茶碗を口の前でとめていった。

「分かっておりやす」

孫八は口元に笑いを浮かべた。

平兵衛は殺しの直前になると、体までが顫《ふる》えだすのだ。それを鎮めるために酒を飲む。孫八もそのことを知っていて、いざ殺しにとりかかるときは、酒を用意してやることが多かった。

それから、ふたりはしばらく酒をかたむけ、すこし酔いがまわったところで、孫八が立ち上がった。


翌日、平兵衛はすこし遅く長屋を出て、妙光寺で孫八の来るのを待っていた。

孫八によると、千次は陽が落ちてから、花川戸町の長屋を出て、大川沿いの道をたどって元鳥越町の賭場へ行くことが多いという。

「諏訪町に人通りのない寂しい通りがありやす。そこで、仕掛けるのがいいんじゃァねえかと思いやすぜ」

孫八はそういった。

平兵衛は、すこし早めにその通りへ行き、都合のいい場所かどうか自分の目で確かめるつもりだった。仕掛けるのは、それからである。

殺しは為損じはむろんだが、他人に目撃されることも許されなかった。町方に正体をつかまれたら、江戸では生きていけなくなるのだ。そのことを知っている平兵衛は、まちがいなく人の目に触れずに殺れる、と踏むまで仕掛けなかった。その慎重さがあったからこそ、この歳になるまで殺しをつづけてこられたのである。

「旦那、待たせちまってもうしわけねえ」

孫八が走り寄ってきた。手に貧乏徳利をぶら下げている。

「慌てることはない。まだ、陽が沈むまでには間がある」

境内には、木洩《こも》れ日が落ちていた。だいぶ、陽は西にまわっていたが、日没までには半刻（一時間）以上ありそうである。

それでも、ふたりは足早に妙光寺を出た。大川端へ突き当たり、川沿いの道を北にむかった。待ち伏せしようという諏訪町は対岸である。吾妻橋を渡って川向こうへまわらねばならない。

ふたりが諏訪町に入ったとき、陽は家並のむこうに沈み軒下や物陰に薄闇が忍んできていたが、空はまだ明るく西の空には燃えるような残照があった。大川の川面が、その残照を映して赤く染まっていた。波の起伏の加減で所々に赤い布でも流したように見える。その川面を、猪牙舟や箱船などがゆったりと行き交っていた。

「旦那、この辺りでどうです」

立ち止まって、孫八が訊いた。

そこは、人影のない寂しい地だった。右手は大川の低い堤になっていて、枝葉を長く垂らした柳が植えてあった。左手は空地や藪がひろがり、一町ほど離れた場所から軒の低い裏店がつづいている。

「ここなら、他人《ひと》に見られずに済みそうだ」

ただ、千次を殺すだけではなかった。その前に千次を押さえて、仲間の殺し人の名や伊之助を殺した男のことを聞き出したかった。平兵衛の胸の内には、裕三に兄の敵を討たせてやりたいという思いもあったのである。

「それじゃァ、あっしは千次の様子を見てきやすぜ」

「そうしてくれ」

平兵衛は花川戸町の方へ走っていく孫八の背を見送ると、堤に上がって柳の樹陰に身を隠した。待っている間も、人の目に触れたくなかったのである。

陽が落ち、明るかった大川の川面が黒ずんできた。いつの間にか船影も消え、川面は荒涼としてきた。絶え間なく汀《みぎわ》に寄せる川波の音が、足下でひびいている。

辺りを夜陰がつつんでいた。闇が深まるにつれ、風が出てきた。風が柳の枝葉を揺らし、ザワザワと騒ぎたてている。

孫八はなかなか姿を見せなかった。今夜、千次が元鳥越町の賭場へ行くかどうかは分からなかった。あるいは、長屋から出てこないのかもしれない。

無駄足だったかな、と平兵衛が思い始めたとき、ふいに足音がした。樹陰から出て通りに目をやると、走ってくる人影が見えた。孫八である。月明りに、ぼんやりと孫八の姿が浮かび上がっていた。

7

孫八は走り寄り、堤を這い上がってきた。

「旦那、来やす!」

孫八は息をはずませていった。

「ひとりか」

「へい」

「よし、手筈どおりやろう」

「旦那、こいつは」

孫八が路傍の叢に隠しておいた貧乏徳利を取り上げた。

孫八に訊かれ、平兵衛は月明りにかざして己の両手をひろげて見た。かすかだが、震えている。相手は千次ひとりだが、殺しの前の昂《たかぶ》りがあるようである。

「もらおう」

平兵衛は堤から下りて徳利を受け取ると、喉を鳴らして一気に三合ほど飲んだ。いつもは五合ほど飲むのだが、今夜はそれだけにした。

そして、一口酒を含むと、愛刀来国光の柄に吹きかけた。手のすべりをとめるためである。

すぐに、平兵衛の体に酒がまわってきた。乾いた地に水が染み込むように生気と活力が老体の隅々までひろがっていく。そして、老いた心身に覇気と自信が満ちてきた。

平兵衛は、もう一度両手をかざして見た。

――とまっている。

震えがとまり、手が熱を帯びてしなやかに動く。指の一本一本までが蘇ってきたようですらある。それを見た孫八は、ニヤリと笑い、

「それじゃァ、あっしは向こうの藪で」

そう言い残し、斜向かいの藪の方へ駆けていった。

孫八が藪の陰に身をひそめ、いっときすると上流の方から足音が聞こえてきた。月明りにぼんやりと浮かび上がった男は、中背の町人体の男だった。縞柄の薄茶の着物を着流し、黒っぽい半纏を羽織っていた。雪駄履きである。一見して、堅気でないことは知れる。


——やつだな。

平兵衛は顔は知らなかったが、千次に間違いないだろうと思った。

男は足早に平兵衛のひそんでいる前を通り過ぎていった。
四、五間離れたとき、ふいに藪から孫八が通りへ飛びだし、男の前に立ちふさがった。
「てめえは！」

ひき攣《つ》ったような男の声が聞こえた。

「千次、しばらくだな」

孫八が低い声でいった。胸の怒りを抑えているようなひびきがあった。

「孫八、まだ、生きてやがったのか」

千次はふところに右手をつっ込んだ。孫八ひとりと見たのだろう。匕首を抜いて、戦うつもりのようだ。

そのとき、平兵衛が樹陰から姿をあらわし、堤の斜面を駆け下りた。その音に、千次が振り返った。一瞬、千次は平兵衛の姿を目にして身を固くしたが、すぐに逃げ場を探すように周囲に目をくばった。

すでに、平兵衛は抜刀していた。抜き身をひっ提げて、一気に千次の背後へ迫る。夜走獣を思わせるような疾走だった。

「殺《や》られてたまるか！」

叫びざま、千次は左手の藪へ逃れようとした。

が、路傍の雑草に足をとられて、前へつんのめった。そこへ平兵衛が走り寄り、来国光を横に薙《な》いだ。

ドスッ、という鈍い音がし、一瞬、千次の上体が折れたように前にかしいだ。峰打ちに揮《ふる》った平兵衛の一撃が、千次の腹に入ったのである。

千次は喉のつまったような呻き声を漏らし、腹をおさえてその場にうずくまった。

その背後に孫八が駆け寄り、匕首の先を千次の首筋に押し当てた。

「動くと、ぶすりといくぜ」

「……！」

千次は恐怖にひき攣《つ》った顔で平兵衛と孫八を見上げた。

千次の前に立った平兵衛は、いっとき顔をしかめて荒い息を吐いていたが、やがて落ち着いたのか、訊きたいことがある、と口を切った。

「相模さんや地獄宿の者を斬ったふたりの牢人は、だれだ」

「し、知るけえ！」

千次は腹をおさえたまま吐き捨てるようにいった。

「すぐには答えまいな。……やむをえん。孫八、こいつを藪の方へ連れていこう」

そういうと、平兵衛は路傍に置いてあった徳利を腰にぶら下げ、千次の襟元をつかんで立たせた。そして、襟を引っ張り路傍から離れた藪の方へ連れ込もうとした。

行くまいと尻込みする千次を、孫八が、

「まごまごするんじゃァねえ。さっさと歩け」

と怒鳴りつけ、後ろから背中を突き飛ばした。

三人は叢《くさむら》を分けながら、茨《いばら》や笹などが群生した藪のそばまで来た。

「ここらでいい」

通りからは、だいぶ離れていた。この辺りなら姿は見えないし、多少声を上げても聞きとがめる者もいないだろう。

「腰を下ろせ」

平兵衛は千次の肩を押さえつけて叢に尻をつかせた。千次は恐怖に目を剝き、体を激しく顫わせている。

何を思ったか、平兵衛は腰にぶら下げてきた徳利を取ると、喉を鳴らして三合ほど一気に飲んだ。そして、フッ、とひと息つくと、

「さて、もう一度訊く、ふたりの牢人の名は」

平兵衛は抑揚のない低い声で訊いた。心なし顔が赭黒《あかぐろ》く染まり、千次を見つめた眼光が射るようにひかっている。その面貌には殺し人らしい凄味と不気味さがあった。

「し、知らねえ」

千次は震えをおびた声でいった。

「そうか。孫八、こいつに猿轡《さるぐつわ》をかませ、肩を押さえていてくれ」

平兵衛がそう指示すると、孫八は手ぬぐいを出して猿轡をかませ、後ろから千次の体にのしかかるようにして両肩を押さえつけた。

「わしはな、酒を飲むと鬼になるのだ」

そういうと、平兵衛は刀を抜き、ふいに、千次の太腿に切っ先を突き刺した。

千次は呻《うめ》き声を漏らし、激痛に顔をゆがめて激しく身をよじった。縞柄の袷《あわせ》が見る間に赤く染まっていく。

「さァ、いえ！　いわぬか」

平兵衛は突き刺した刀身を揉むように動かした。

千次は狂乱したように上半身を振りまわしてその場から逃れようとしたが、刀身に足を串刺しにされ、孫八に両肩を押さえ付けられているので逃れられない。叢がガサガサと音をたてるだけである。

「いえ！　いわねば、この足を斬りさく」

なおも平兵衛は、突き刺した刀身を揺り動かした。その双眸には狂気を帯びたようなひかりがあった。赭黒く染まった顔は、まさに鬼のような形相である。

千次の顔が紙のように蒼白になり、額に大粒の脂汗が浮いた。そして、後ろに反り返るようにして激痛に耐えていたが、ふいに、首が折れたようにがっくりと前にかしいだ。

「孫八、猿轡を取ってやれ」

平兵衛はいいざま、刀身を引き抜いた。

8

「モリと呼ばれている男の名は」

平兵衛が訊いた。

千次は目を剝き、肩を上下させながら荒い息を吐いているだけでなかなか答えようとしなかった。

「モリという男の名は」

平兵衛が刺すような鋭い声でもう一度訊いた。

「も、森口重左衛門《もりぐちじゆうざえもん》……」

千次は喘ぎ声でいった。

「その森口の住家《すまい》は」

「諏訪町だ」

「諏訪町のどこだ」

「し、知らねえ。嘘じゃァねえ。おれも、森口さんの塒《ねぐら》に行ったことはねえんだ」

むきになって千次がいった。どうやら、嘘ではないらしい。

「セキという男は」

平兵衛はもうひとりの牢人の名を訊いた。

「関谷兵之助《せきやへいのすけ》」

「関谷……」

平兵衛はどこかで聞いた名のような気がしたが、思い出せなかった。

「伊之助を斬ったのは、森口か関谷か」

「せ、関谷さんだ」

千次が足の痛みに耐えながらいった。

「相模さんを斬ったのも関谷という男だな」

「そうだ」

となると、裕三の敵討ちの相手は関谷ということになる。右腰のあたりから斜に斬り上げるという特異な剣を遣う手練である。

「もうひとり仲間がいたな。大柄な町人の名は」

「栄二郎だ」

「三人は殺し人のようだが、どこからきた」

長くこの世界で生きてきた平兵衛も孫八も、三人の名を知らなかった。江戸にいなかったことは確かである。

「森口さんと関谷さんは上方《かみがた》から来たと聞いてるが、くわしいことは知らねえ。栄二郎は、品川《しながわ》にいたといってたぜ」

「上方か。……ところで、三人は楢熊とどういうかかわりなのだ」

「栄二郎が、連れてきたんだ」

千次が苦しげな顔で口にしたことによると、栄二郎は半年ほど前からときおり元鳥越町の賭場へ顔を出していたが、そのうち千次とも口を利くようになり、森口と関谷を連れてきて親分の楢熊に会わせたという。

「三人の殺し人の元締めはいるのか」

平兵衛が訊いた。元締めらしい人物の影は感じられなかったが、いてもおかしくはないと思ったのである。

「し、知らねえ。おれは、会ったことも名を聞いたこともねえ」

「うむ……。ところで、おまえたちの狙いは何だ。なぜ、地獄屋の者の命を狙う」

「そ、それは、親分の指図だ」

千次は口ごもった。余程いいにくいのだろう。

「地獄屋の縄張《しま》が狙いか」

「そ、そうだ」

「…………」

平兵衛が口をつぐんでいると、千次が血まみれになった左足を押さえながらふらりと立ち上がった。顔は蒼ざめ、苦しそうな息を吐いていた。出血が激しい。早く止血しないと助からないかもしれない。

「あ、あっしの知ってることはみんな話した。これで、帰らせてもらうぜ……」

そういうと、千次は左足を引きずりながら、叢を歩きだした。

孫八が戸惑うような顔で、

「やつを逃がしてもいいんですかい」

と、平兵衛に訊いた。

「始末する」

いいざま、平兵衛は刀を逆八相に構え一気に千次の背後に迫った。虎の爪の鋭い寄り身である。

千次が振り返った。

刹那、その顔が凍りついたようにこわばった。

刀身が一閃し、骨肉を截断するにぶい音がした。次の瞬間、千次の胸部が斜に割れ、血《ち》飛沫《しぶき》が驟雨《しゅうう》のように飛び散った。悲鳴も呻き声もなかった。千次はのけ反るように後ろへ倒れた。

夜陰のなかに物悲しい血の噴出音が聞こえた。倒れた千次の四肢が痙攣して、かすかに雑草を揺らしている。仰臥した千次の胸部は大きくひらき、その傷口から截断された肋骨が猛獣の爪のように覗いていた。

「だ、旦那、すげえや」

孫八が息をつめていった。

「孫八、笹でも切ってきて、こいつの体を隠してくれ」

平兵衛はしばらくの間、千次の死骸を隠しておきたかった。特異な斬り口を森口と関谷に見せたくなかったのである。四、五日隠しておけば、肉も腐り鴉《からす》か野犬がその傷口を嚙み切ってくれるだろう。

第四章　腰《こし》車《ぐるま》

1

障子の間から、大川の流れが見えた。

関谷兵之助は、さっきから座敷の柱によりかかり、川面を行き来する猪牙舟や箱船などに目をやっていた。まだ、川面は明るかったが、陽が沈んだらしく、対岸の本所の家並を薄墨を掃いたような闇がつつみ始めていた。

関谷の顔には、暗い翳《かげ》がはりついていた。表情のない細い目や薄い唇が陰湿で酷薄な印象をあたえる。

関谷は何か見ていたわけではない。川面にぼんやりと目をやったまま十五年前のことを思い出していた。

関谷がちょうど二十歳のときだった。関谷の目の前で、兄の関谷佐之助《さのすけ》が安田平兵衛に斬られたのである。

関谷家は親の代から牢人だった。父親は手跡指南をして兄弟を育てたが、何とか剣で身を立てさせようと、少年のころから近くの剣術道場に通わせてくれた。ふたりが通っていたのは、四ッ谷にあった神道無念流《しんとうむねん》のちいさな町道場だった。道場主は熊田平八郎《くまたへいはちろう》。老齢だが、達人だった。

兄弟は父の期待に応えたいという一心から稽古に出精し、資質にめぐまれていたこともあってめきめき腕を上げた。

ところが、ふたりが熊田道場に通い始めて五年ほどしたとき、人生が暗転した。一家を支えていた父が病死したのである。そして、その父の後を追うように、翌年母が急逝《きゅうせい》した。兵之助が十七、佐之助が二十歳のときだった。

暮らしの糧と精神的な支えを失った兄弟は道場をやめ、町の遊び人と交わり、賭場へ出入りしたり喧嘩したり、些細なことで因縁をつけて商家を脅したりして悪業を重ねるようになった。

そんなおり、兄弟の前に京極屋甚兵衛《きょうごくやじんべえ》と名乗る男があらわれた。

「どうです、その剣の腕を生かして、ひとり斬っていただけませんか」

甚兵衛は、ふたりと同席した料理屋でこう切り出した。

殺し料は、五十両だという。当時のふたりにとって、五十両は目にしたこともないような大金だった。しかも、依頼された相手は初老の地まわりだった。容易に斬れそうな相手である。

「いいだろう」

すぐに、兄の佐之助が承諾した。いっしょにいた兵之助もうなずいた。

地まわりの殺しは、驚くほどうまくいった。兄弟ふたりで、地まわりが賭場から帰るところを大川端で襲い、簡単に斬ることができた。しかも、死骸を大川に流したため事件は町方に発覚することもなく闇に葬られた。

これに味をしめたふたりは、甚兵衛の許で殺しをつづけるようになった。そして、殺しを通して実戦の剣も工夫した。特に佐之助は低い下段から間合に入り、相手が面へ斬り込んでくる瞬間、右へ体をひらいて胴を薙ぎ斬るのを得意技にしていた。

そして、闇の世界に関谷兄弟の名がひろがり始めたころ、

「安田平兵衛という男を斬ってもらえませんかね」

と、甚兵衛が口にした。

安田は同業の殺し人だという。殺し料は破格の百両だった。

当時、京極屋甚兵衛は、京橋、赤坂、四ッ谷など江戸の西方に勢力を持っていた殺し人

の元締めだった。一方、地獄屋島蔵は、深川、本所、浅草など東方を縄張にしていた。甚兵衛は、己の勢力を東方にも拡大しようともくろみ、まず島蔵の手駒のうちで最も腕のたつ平兵衛を殺そうとしたのである。

「やりましょう」

ふたりは、この依頼を受けた。相手は凄腕らしかったが、兄弟でかかれば後れをとるようなことはないと踏んだのである。

だが、このときのふたりには過信があった。相手の腕も、その刀法も探ってみないうちに、殺し料の半金を手にしたのだ。それまで、どんな依頼も為損じたことがなかったため、今度も容易に斬れると思い込んだのである。

兄弟は極楽屋を見張り、平兵衛が店を出るのを尾けて人影のない堀端で仕掛けようとした。極楽屋ちかくの物陰に張り込んで三日目だった。

平兵衛が姿を見せた。中背で痩身、すこし背を丸めて歩く姿は腕のいい殺し人には見えなかった。

手筈どおり佐之助が平兵衛の前に飛び出し、兵之助が背後から迫った。

このとき、平兵衛は兄弟が予想もしなかった迅速果敢な動きをした。佐之助が前に飛び出すなり、平兵衛は逆八相に構え、一気に佐之助との間合をつめたのだ。しかも、獲物に襲いかかる獣を思わせるようなすばやい寄り身だった。

佐之助は慌てて下段に構えたが、すでに平兵衛は斬撃の間境《まざかい》ちかくに迫っていた。兵之助が駆け寄る間もなかった。

平兵衛の鋭い寄り身と気魄に圧倒された佐之助は、一瞬のけ反るように体を後ろへ引いてから胴を薙ごうと刀身を返した。

その一瞬を、平兵衛がとらえた。大気を裂くような甲声《かんごえ》がひびき、平兵衛の刀身が一閃した。袈裟に斬り下ろされた刀は、佐之助の右肩口から左腋へぬけた。凄まじい一撃である。佐之助は胴を斬ろうとした体勢のまま後ろへ倒れ、血飛沫を上げた。

一瞬、一合の勝負だった。佐之助は得意の胴斬りを放つ前に仕留められたのだ。

しかも、それで平兵衛の動きはとまらなかった。すばやく反転し、背後から迫る兵之助に対し、また逆八相に構えたのである。

平兵衛は顔を赭黒く紅潮させ、目をつり上げて迫ってきた。まさに、刹鬼《せっき》のような形相である。

――斬られる!

と、直感した兵之助は、激しい恐怖に襲われた。

眼前に迫ってくる平兵衛に兵之助の身は竦《すく》み、頭のどこかで、逃げねば、と思った。

その後のことは、よく覚えていなかったが、後ずさりし反転して駆け出したのはまちがいない。

材木置き場や堀端を夢中で逃げたことを覚えている。そして、人通りのある要橋のたもとまで逃げてきて、やっと背後に平兵衛の姿がないことに気付いて足をとめた。

そのときになって、兄が斬られたことの無念とその場から己だけ逃げてきた屈辱と後悔とが、胸に衝き上げてきた。だが、その場から引き返し、平兵衛と立ち合う勇気はなかった。兵之助はうちひしがれてその地から去った。

——あれが、平兵衛の遣う虎の爪だったのだ。

関谷は、黒ずんできた川面に目をやりながらつぶやいた。

その後、関谷は京極屋に出入りする殺し人から、平兵衛が虎の爪と称する特異な剣を遣うことを耳にしたのだ。

兄を討たれた後、半月ほどして関谷は江戸を離れた。京極屋甚兵衛から殺し料を受け取っている手前、関谷は江戸にとどまっていることができなかったのだ。

流浪のひとり旅をつづけながら、関谷は兄を目の前で斬り殺された揚げ句、恐怖にかられてその場から逃げた後悔と屈辱とに苛《さいな》まれつづけた。

関谷は生きるために何でもした。人殺し、追剝ぎ、女の凌辱、盗み……。そうした流浪の暮らしをつづけるうち関谷の心は荒み、人が目を背けるような悪業にもそれほど胸を痛めなくなった。

ただ、兄を平兵衛に討たれた無念は、胸の内に強く刻印されたまま褪せることはなかった。旅をつづけながら平兵衛を破るための剣の工夫だけは怠らなかった。平兵衛に対する屈辱と無念が、関谷の過酷な旅を支えていたともいえる。

関谷は十数年かけて中山道から京、大坂をめぐり、東海道を江戸へとたどった。その間、宿場にとどまって博奕打ちの用心棒をやって人を斬ったり、町道場の道場破りなどもした。関谷にとっては殺戮《さつりく》と剣の修行の旅でもあった。

そして、品川宿で森口重左衛門と栄二郎に出会った。栄二郎はちいさな賭場の貸元をしていて、森口はそこの用心棒だった。

栄二郎の話によると、関谷たち兄弟に平兵衛の殺しを依頼した京極屋甚兵衛は、関谷が江戸を離れて三年ほど経った後、地獄屋の手の者に斬殺されたらしいという。

甚兵衛はいなくなったようだが、関谷の平兵衛に対する思いはすこしも変わらなかった。

——いずれにしろ、平兵衛は斬る。そのために、江戸へもどってきたのだ。

関谷は胸の内でつぶやいた。

いつの間にか障子のむこうは夜陰につつまれ、川面が月光を映して淡くひかっていた。対岸の本所は闇にとざされて家並の輪郭も分からなかったが、いまにも消え入りそうにまたたいている灯が見えた。

2

「おお、いたのか」

背後の障子があいて、ヌーッと大きな人影があらわれた。座敷のなかは闇につつまれていたが、巨軀の輪郭が見えた。森口である。

「灯《ひ》を入れるぞ」

森口は座敷の隅で石を打ち、行灯に灯を入れた。

「飲むか」

森口は貧乏徳利を提げていた。

「ああ」

「茶碗を探してくる」

貧乏徳利をその場に置き、森口は台所へまわって湯のみ茶碗をふたつ手にしてもどって

きた。そして、関谷にひとつ渡して酒をついでやりながら、

「千次がいなくなったそうだぞ」

と、低い声でいった。

「地獄屋の者の手にかかったのだろう」

関谷は抑揚のない声でいって、酒をかたむけた。空きっ腹に酒が染みるようだった。

「むこうも本腰を入れてきたということだな」

「………」

「こっちとしては、かえって都合がよかったのかもしれん。いずれ、千次も始末するつもりだったのだからな」

「千次の後釜に、栄二郎を送り込むのか」

「そういうことだ。楢熊の縄張も、そっくりいただくのが、当初からの狙いだからな」

そういって、森口は茶碗酒に喉を鳴らした。

「栄二郎はどうしてる？」

「すでに、楢熊に取り入ってるはずだ」

「そうか」

関谷は関心なさそうにいった。

「ところで、おぬし、安田は斬れるか。なんなら、ふたりで仕掛けてもかまわんぞ」

関谷を見つめた森口の目が、熾火《おきび》のようにひかっていた。髭をたくわえた鍾馗《しょうき》のような顔が、行灯の灯を横から受けて赭黒く浮き上がったように見える。

「いや、安田はおれの手で斬る」

関谷は手にした酒の入った茶碗を見つめたまま、いった。

そのために、江戸へもどってきたのである。それに、関谷には必殺剣もあった。『腰《こし》車《ぐるま》』と称する剣である。

関谷の脳裏には、常に平兵衛の遣った虎の爪があった。そして、殺戮の旅をつづけながら虎の爪を破る工夫をつづけてきた。

関谷は兄と平兵衛の立ち合いの光景を繰り返し脳裏に描いているうちに、逆八相の構えには右胴に隙《すき》ができる、と思い当たった。

そこで、関谷は胴斬りに勝機があると考えたが、尋常の胴技では太刀打ちできないことも分かっていた。その証拠に兄が得意としていたのも、胴斬りだったのだ。

間合に入れば、平兵衛の揮う逆袈裟の太刀がくる。その斬撃をかわしながら胴を斬らねば、勝機はなかった。

虎の爪の斬撃をかわすためには、平兵衛の動きを上まわる迅い動きが必要だが、前後の動きは、迅い寄り身が技の命でもある虎の爪に太刀打ちできそうもなかった。残るは、上下か横の動きである。

――下しかない。

と、関谷は思った。

平兵衛は横への動きにはついてくるはずだし、跳躍も不可能だった。

関谷は下段から胴を斬ることを工夫した。実戦をとおしてさまざまな刀法を試みるなかで、下段から右に体をひらきざま敵の腰のあたりを斜に斬り上げる剣にいきついた。この剣ならば、虎の爪の逆袈裟の太刀をはずせるはずだった。ただ、踏み込みが浅くなり強い斬撃を生むことは無理だったので、平兵衛に致命傷を与えることはできないだろう。

だが、腰のあたりに一太刀浴びせれば、後はどうにでもなるはずだ。

関谷は旅をつづけるなかで、この剣を磨き、腰車と名付けた。関谷が、対虎の爪のために工夫した必殺剣である。

「そのうち、われらが放った獅子身中《しししんちゅう》の虫が片桐も始末するだろうし、おれたちの思いどおりにことが動いてきたな」

森口は口元に薄笑いを浮かべていった。

そのとき、表の戸があいて、町人体の男がひとり姿をあらわした。鼻梁の高い、目の鋭い男だった。歳は五十がらみであろうか、海老茶《えびちゃ》の袷に同色の羽織、角帯に凝った意匠の莨《たばこ》入れを挟んでいた。大店《おおだな》の主人といった身装《みなり》である。

「おそろいでしたか」

男はそういって、森口の脇へ座した。

「京極屋さん、ことは狙いどおり運んでいるよ」

森口がいった。

この男は、島蔵の手で始末された京極屋甚兵衛の片腕だった男で、吉次郎《きちじろう》という名だった。甚兵衛が殺された後、京極屋の名を継いでいたのである。

「結構ですな。……では、当座の軍資金をお渡ししておきましょうかね」

そういって吉次郎は、ふところに手を入れ、袱紗包みを取り出した。なかに切り餅が四つ入っていた。百両である。吉次郎は五十両ずつ、関谷と森口の膝先に置き、

「わたしも、先代の敵が討てると思えば安い物ですよ」

といって、口元をくずして嗤った。

3

極楽屋のなかはひっそりしていた。平兵衛と島蔵が、隅の飯台に腰を下ろしているだけだった。千草は板場の方にひっ込んだままである。

「旦那、やってくれ」

島蔵が銚子を取って、酒をすすめた。

「ああ」

平兵衛は猪口を手にして、島蔵のつぐ酒を受けた。

「森口重左衛門、関谷兵之助、それに栄二郎か。思い当たるやつはいねえな」

島蔵は銚子を手にしたまま首をひねった。

平兵衛が、千次から聞き出したことを口にした後である。

「森口と関谷は上方から来たそうだが、京、大坂にも殺し人の元締めはいるのかね」

平兵衛は酒をかたむけた後で訊いた。

「さァ、いるかもしれねえが、名を聞いた覚えはありませんね。それに、いたとしても、江戸まで手を出してくることはねえでしょう」

「そうだな。……栄二郎は品川にいたらしいが」

平兵衛が銚子を取って、島蔵の猪口についでやった。極楽屋にいるときは、島蔵はあまり飲まなかったが、客がいないので平兵衛の相手をする気になったのだろう。

「品川か……」

いっとき、島蔵は虚空に目をとめて黙考していたが、

「もう十五年ほど前になるが、四ツ谷に京極屋甚兵衛という男がいたが、旦那は覚えてますかね」

と、顔を平兵衛の方にむけて訊いた。

「ああ、知っている」

そう答えたとき、平兵衛の脳裏に、ふたりの殺し人に襲われたときの光景がよぎった。

「京極屋が差しむけた殺し人にわしも狙われたが、あのとき斬った男が、関谷という名ではなかったかな」

平兵衛が訊いた。その後、だれからかは忘れたが、関谷の名を耳にしたような覚えがあったのだ。

「兄弟だとは聞いてましたが、関谷だったかどうか……」

島蔵は、首をひねった。ずいぶん昔のことなので、島蔵も記憶がはっきりしないよう

だ。

「兄弟だったのか」

襲ったふたりが、兄弟だったのだろう、と平兵衛は思った。関谷兵之助が、あのとき逃げたひとりである可能性はあった。

「逃げたひとりが、関谷兵之助かもしれんな」

「おれには分からねえ。もう、ずいぶん昔のことだし……」

「いずれ、知れよう」

平兵衛はあれこれ推測しても仕方がないと思い、話題を変えた。

「ところで、何か京極屋のことで思い出したことがあるんじゃァないのか」

平兵衛が訊いた、先に京極屋のことを持ち出したのは、島蔵だった。

「あのとき、京極屋がおれの縄張を狙って仕掛けてきたんで始末したんだが、やつの子分に栄二郎という男がいたのを覚えている。……ただ、栄二郎なんてえのは、どこにでもいるんで、同じ男かどうかは分からねえが」

「うむ……」

念のため、調べてみる必要はある、と平兵衛は思った。栄二郎が森口や関谷とどこで結びついたのかも気になった。

明日にでも、孫八と品川へ足を伸ばしてみるか、と平兵衛は思い、その話はそれで打ち切った。

「その後、楢熊の動きはどうだ」

平兵衛は千次を斬った後、楢熊がどう動くか気になっていた。孫八によると、島蔵の手先が楢熊の身辺を探っているということだった。島蔵の耳には楢熊の動きが入っているはずである。

「それが、妙なことになってきやしてね」

島蔵は訝しそうな顔をした。

「妙なこととは」

「へえ、栄二郎が元鳥越町の賭場や菊乃屋に入り浸るようになりやして。どうも、千次の後釜に座ったんじゃァねえかと思われますんで」

島蔵によると、栄二郎は楢熊の片腕のような顔をして付き従い、手下たちに指図することもあるという。

「うむ……」

栄二郎という男は殺し人というより博奕打ちなのかもしれぬ、と平兵衛は思った。

「いずれにしろ、栄二郎をこのままにしておくわけにはいかねえんで」

そういって、島蔵が猪口に手を伸ばしたとき、表の戸口で足音がし、裕三が顔をこわばらせて飛び込んできた。

「お、親父さん、殺《や》られた」

裕三は顔を赤くし、荒い息を吐きながらいった。走りづめで来たらしい。

「だれが、殺られたんだ」

島蔵が立ち上がりざま声を上げた。

「恵松さんだよ」

裕三は顔をしかめて、泣き声をだした。

「恵松だと。どこだ、どこで殺られたんだ」

島蔵の顔に怒りと驚きの色が浮いた。

裕三と島蔵のやり取りを聞いたらしく、板場にいた千草とおくらが出てきた。ふたりとも眉を寄せて、怯えたような顔をしている。

「要橋ちかくの池の端で」

「行ってみよう」

島蔵は、平兵衛の方に目をむけ、旦那は、と聞いた。

平兵衛も傍らの刀を手にして立ち上がった。要橋は極楽屋から近かった。平兵衛は傷口だけでも見ておきたかったのである。

「ふたりは、店にいろ」

島蔵は、千草とおくらに言い置いて、外へ飛び出した。裕三と平兵衛も、いそいで店を出た。

池というのは、貯木場のことだった。掘割から水を引いた池があり、そのなかに大量の丸太が浮いていた。その貯木場近くの叢《くさむら》に人だかりがしていた。船頭や川並にまじって何人か顔見知りもいた。地獄宿を塒にしている男たちである。

島蔵たちが駆け寄ると、人だかりが左右に割れて道をあけた。この辺りで、島蔵の顔を知らない者はいないのだ。

叢に仰臥していたのは、雲水姿の老齢の男だった。網代笠《あじろ》が池の端まで飛び、胸元の法衣が裂けて血にまみれている。

「こ、これは」

平兵衛は息をつめた。

仰臥した男の胸元の傷から截断された肋骨が覗いていた。しかも、右肩から左脇腹にかけて袈裟に斬られている。

——虎の爪か！

いや、ちがう、と平兵衛は思った。虎の爪ほど、深い傷ではなかった。

——これは、わしへの当てつけか。

虎の爪を似せて斬ったものだ、と平兵衛は直感した。偶然ではなく意識して、同じように斬ったのであろう。

恵松を斬った者は、平兵衛の遣う虎の爪を知っていることになる。関谷か森口にちがいない。どちらにしろ、平兵衛は自分への挑戦であろうと思った。

「店を出て、ここを通りかかったとき殺られたにちげえねえ」

島蔵の顔が、憤怒と苛立ちとで赭黒《あかぐろ》く染まっていた。

「…………」

平兵衛もそうだろうと思った。

足元の夏草が通りの方から広範囲に薙ぎ倒されていた。通りから逃げ込んだ恵松を何人かでここに追いつめ、取りかこんで斬ったという状況だった。

「見た者が、いるだろう」

島蔵が声を上げて周囲に目をやった。

まだ、陽は頭上にあった。いかに寂しい通りでも数人で襲ったのなら、その騒ぎを聞きつけた者がいるはずである。

「おれが、見たぜ」

船頭らしい男がいった。

島蔵が様子を訊くと、推測したとおり遊び人ふうの男が数人で恵松を取り囲み、いっしょにいた牢人が斬ったということだった。

「忠五郎のときと同じだぜ」

島蔵が吐き捨てるようにいった。

「楢熊の手の者か」

「そうでさァ。……やっぱり、転んだやつがいやがる。雲水姿の恵松がおれの手先だと知ってるのは地獄宿の者だけだ。しかも、恵松をここで待ち伏せしてやがったのだ」

島蔵の牛のような大きな目が怒りに燃えていた。

すでに、何人もの手下が楢熊の手にかかっている。しかも、己の牙城でもある地獄宿に裏切り者がいるとなれば、島蔵の臓腑《はらわた》が煮えくり返るのも当然のことだろう。

「お、親父さん、楢熊を殺りやしょう」

裕三が声をひき攣《つ》らせていった。

その声に、そばにいた地獄宿の住人たちが、そうだ、そうだ、楢熊を殺せ、押し込むんだ、などと殺気だった目をして口々に叫びだした。

「騒ぐんじゃァねえ！　このまま押しかけたら、おめえたち、楢熊の手先に皆殺しだぞ。それだけじゃァねえ。町方が、おめえたちの宿にも押しかけて、みんなひっくくっていくぞ。それでも、いいのか」

島蔵が一喝するような声でいうと、男たちは急にシュンとなった。いわれてみれば、あまりに無謀だと気付いたようだ。

「楢熊のことはおれが何とかするから、おめえたちは騒ぐんじゃァねえ」

島蔵はなだめるような声でいった。

このとき、島蔵はあまりに楢熊が表に出過ぎていると感じた。そして、これは楢熊の挑発ではないかという気がしたのだ。挑発に乗って暴発すれば、地獄宿の者たちから裏稼業の殺し人まで、根こそぎ始末されかねない。それが楢熊たちの狙いではあるまいか、と島蔵は思ったのである。

4

「旦那、いい陽気ですねえ」

孫八が声を上げた。

平兵衛と孫八は、東海道を歩いていた。すでに高輪《たかなわ》の大木戸を過ぎ、街道の左手には江戸湊がひろがっていた。青い海原は初夏の陽射しを受けてかがやき、大型廻船の白い帆が風をはらみ、ゆったりと行き交っている。気持ちのいい潮風が流れ、街道を行き来する旅人の足も軽そうだった。

平兵衛は野袴に草鞋《わらじ》履き、愛刀に柄袋をかけて腰に帯び、菅笠をかぶっていた。孫八は脚半に草鞋履き、道中差を腰に帯びている。ふたりとも、振り分け荷物や道中合羽は持っていなかったが、簡単な旅装束である。

平兵衛も孫八も、妙に高揚していた。旅などしたことはなかったので、旅の真似事だけでも心が浮き立ったのである。

「旦那、品川は賑やかな宿場ですぜ」

孫八がいった。

品川は江戸四宿のひとつで、大勢の飯盛り女がいることでも知られ、旅人だけでなく売女目当てで江戸市中から来る男も多く、大変な賑わいをみせていた。孫八も品川までは何度か足を伸ばしたことがあるとのことだった。

「やみくもに当たっても、探れまいな」

平兵衛が菅笠を上げ、街道に目をやりながらいった。

ふたりは、栄二郎、森口、関谷の正体を探るため、品川へ足を運んできたのである。

「元締めから、南本宿《みなみほんじゅく》にある大島屋《おおしまや》という料理屋を訪ねろといわれてきやした。なんでも、むかし、その店のあるじの依頼で脅しをかけてきた地まわりを始末したことがあったそうでしてね」

「いつごろの話だ」

平兵衛は、島蔵からそんな話を聞いた覚えはなかった。

「まだ、元締めが駆け出しのころで、自分の手で始末したといってやした。それが縁で、こっちへ足を伸ばしたときは、立ち寄ることもあるそうで」

「そうか」

まだ、平兵衛が殺しに手を染める前の話のようだ。

そんな話をしているうちに、ふたりは品川宿に入った。噂に聞いていたとおり、賑やかな宿場だった。街道の両側には、旅籠、茶店、料理屋などが軒を連ねていた。旅人、馬子、駕籠《かご》かき、売女《ばいた》目当ての男連れなどが行き交い、留め女が声を上げて旅人の袖を引き、馬の嘶《いなな》きがひびき、砂埃がたち、馬糞や食い物を煮炊きする臭いなどがたちこめている。

品川宿は北から徒歩《かち》新宿《しんじゅく》、北本宿《きたほんじゅく》、南本宿と分かれていた。目当ての大島屋は南本宿にあるという。南本宿に入ったところで、孫八が茶店に立ち寄り、大島屋のことを訊くと、二町程先にある海晏寺《かいあんじ》の門前ちかくとのことだった。

「旦那、ここのようですぜ」

孫八は路傍で立ち止まって左手を指差した。

街道沿いに、二階建ての料理屋らしい建物があった。掛け行灯に大島屋と記してあった。暖簾を出した戸口の前に水が打ってある。店の脇にちいさな籬《まがき》があり、その前に南天《なんてん》が植えてあった。老舗《しにせ》らしい落ち着いたたたずまいの店である。

「ごめんよ」

孫八がなかに声をかけた。

すると、廊下を歩く音がし、女将らしいしっとりした年増が顔を出して、いらっしゃいませ、といって、微笑みかけた。

「あるじの八十吉《やそきち》さんは、いなさるかね。深川の極楽屋から来た者だが」

と、孫八は愛想笑いを浮かべながらいった。

年増はすぐに客ではないと察したらしく、その顔から笑みがぬぐい取るように消えた。そして、ちょっとお待ちを、と言い残して、慌てて奥へもどっていった。

年増が連れてきたのは、小柄な初老の男だった。目の細いふっくらした頬の男で、いかにも好々爺という感じがした。

男はあるじの八十吉だと名乗った後、

「島蔵さんのお知り合いかね」

と、訊いた。顔に笑みを浮かべていたが、細い目は笑っていなかった。玄関先に立っているふたりに、刺すようなひかりがそそがれている。

「へい、ちょっと訊きたいことがありやしてね。この店にも、旦那さんにもかかわりのねえことですが」

孫八はおだやかな声でいった。

店にもあるじにもかかわりがないといったので、安堵したのか、八十吉から警戒するような表情が消え、

「ともかく、草鞋を脱いで上がってくだされ」

と、いって、ふたりを奥へ案内した。

一見《いちげん》の客を入れるらしい狭い座敷だが、他人の耳目を気にせず話せそうな奥の間だった。

「せっかくだから、酒をいただこうか。肴は見つくろって、土地の物をいただけるとありがたいのだが」

腰を落ち着けると、平兵衛が頼んだ。

「はい、すぐに支度をさせますから」

八十吉は茶を持ってきた年増に、酒肴を運ぶように指示した。

いっときすると、年増とふたりの女中が酒肴の膳を運んできた。肴は鯛の刺身と筍《たけのこ》の煮付け、それに酢の物だった。極楽屋などでは、めったに口にできない料理である。

八十吉につがれた杯の酒を飲み干したところで、

「実は、栄二郎という男のことでしてね」

と、孫八が声をひそめて切り出した。

すると、八十吉の顔が急にけわしくなった。栄二郎という男を恐れているような表情があった。

「栄二郎は、ちかごろ浅草に住みついていてやすが、その前はこの宿場にいたと耳にしたもので」

かまわず、孫八が訊いた。

平兵衛は黙って話を聞いていた。ここは孫八にまかせようと思ったのである。

「ええ……」

八十吉は困惑したように眉を寄せてうなずいた。

「何をしてやした」

「そ、それが、ひどい男でして」

八十吉によると、栄二郎は宿場のはずれで賭場をひらいていたという。博奕《ばくち》だけでなく、街道筋の旅籠屋や料理屋などに難癖つけては金を脅《おど》し取ったり、女を騙《だま》して女郎屋に売ったり、宿場では蛇蝎《だかつ》のように嫌われていたそうである。

「宿役人は、放っておいたのかね」

「その辺りはぬかりのない男でしてね。宿役人には多額の袖の下を使っていたらしく、見て見ぬふりをしてたようですよ」

「栄二郎に、だれか後ろ盾はいたんですかい。それほどの男には、見えなかったですがね」

孫八は、栄二郎ひとりに品川宿を牛耳るほどの力はないと踏んだようだ。

「噂では、四ツ谷の方に大物の親分さんがついていて、何かあれば手先を引き連れて乗り込んでくるとか。それもあって、みんな怖《こわ》がって逆らえなかったんでございますよ。……その栄二郎が宿場から消えて、わたしどもも胸をなで下ろしているんです」

「四ツ谷にな」

孫八は平兵衛の方に顔をむけて、旦那は知ってますかい、と小声で訊いた。

「いや、知らんな」

　平兵衛は首をひねった。そのとき、平兵衛の胸に島蔵から聞いた京極屋甚兵衛のことが浮かんだのだが、すでに甚兵衛は死んでいたので、四ツ谷の大物の親分と重ならなかったのである。

「森口重左衛門と関谷兵之助という牢人のことは、知りませんかね」

　孫八は別のことを訊いた。

「森口という牢人は知ってますよ。栄二郎の賭場にいた男です」

　森口は一年ほど前に上方からきて品川宿に居着き、賭場に入り浸って用心棒のようなことをしていたという。

「恐ろしい男でしてね。半年ほど前になりますかね。栄二郎に娘をかどわかされて売られた船頭が、ふたりの仲間といっしょに宿場のはずれで栄二郎と談判しようとしたのです。そのとき、そばにいた森口が、話も聞かずに、三人ともたたっ斬ってしまったとか。……宿場の者は栄二郎より、森口を怖がっていましたよ」

　八十吉は顔をしかめ、怯えたような目をしていった。

「それで、関谷という牢人は」

　そのとき、黙って聞いていた平兵衛が口をはさんだ。平兵衛は、特に関谷の素性を知りたかったのである。

「関谷という人は存じません。……ただ、栄二郎たちがいなくなる半月ほど前から、目付きの鋭い痩せた牢人がいっしょに歩いているのを何度か見かけましたから、その牢人かもしれません」

八十吉は平兵衛の方に顔をむけていった。

「うむ……」

どうやら、栄二郎たち三人は品川宿で知り合い、何事かたくらんで浅草に行き楢熊に取り入ったようである。

「他にも、栄二郎の仲間はいたのかね」

平兵衛が訊いた。

「そうですね。若い衆《し》が三人ほど。それに若い娘がひとり、賭場に出入りしていると耳にしたことがございますが」

「若い娘とな。名は？」

「さァ、名は聞いておりませんが」

八十吉は首をひねった。

それから、平兵衛と孫八は栄二郎たち三人のことをいろいろ訊いてみたが、八十吉もそれ以上のことは知らないようだった。

平兵衛たちは一刻（二時間）ほど腰を落ち着けて酒を飲んでから、座敷を後にした。玄関先まで見送りに出た八十吉が、

「旦那さん、悪いことはいいません。栄二郎たちとかかわりをもたない方がよろしいですよ」

と、平兵衛の耳元で忠告した。

「そうしよう」

平兵衛は、口元に苦笑いを浮かべてうなずいた。

5

妙光寺の境内は静寂につつまれていた。陽が沈み、まだ頭上の空は明るかったが、鬱蒼とした杜にかこまれた境内には夕闇が忍んできていた。

鴉《からす》の鳴き声がした。ちかくの樹頂にいるらしい。その甲高いひびきが、二度、三度と静寂を震わせた。

――これまでにするか。

平兵衛は、さっきまで振っていた来国光を鞘に納めた。

孫八と品川へ出かけて五日経っていた。孫八とともに聞き込んできたことを右京と島蔵に伝え、栄二郎、森口、関谷の三人をどうするか相談した。

「いずれにしろ、ひとりひとり始末してもらうより他にねえんで」

島蔵は、それもできるだけ早く仕掛けてもらいてえ、と苦渋の顔でいい添えた。地獄宿の者たちが動揺しているうえに働き口がなく、飯も満足に食えなくなっている者が多いという。銭のない者にも島蔵が自腹を切って、飢え死にしない程度には食わせているが、それも限度があるというのだ。

「あっしの方が、干上がっちまいますんでね」

めずらしく、島蔵は、なんならおれも匕首を握ってもいい、とまで口にした。それだけ、島蔵も追いつめられているのである。

「これだけ、相手の様子が知れたんだ。すぐにも、仕掛けましょう」

右京は表情も変えずにいった。

「いいだろう」

まだ、森口と関谷の遣う剣が分からなかったし、斬れるという自信もなかったが、やむなく平兵衛も同意した。

「それで、安田さんはだれを斬ります」

右京が訊いた。

「まず、関谷に仕掛けてみたい」

平兵衛は、関谷にひっかかっていた。十五年ほど前、自分が斬った兄弟のひとりであるような気がしたし、恵松を斬ったのは関谷で、虎の爪に似せた傷口を残したのは自分への挑戦ではないかと感じていたからである。

「では、わたしが森口を斬りましょうかね」

右京は平然としていった。

その後、平兵衛は妙光寺に足を運び、裕三が見せた下段の構えを脳裏に描き、その構えから腰のあたりへ斬り上げてくるであろう剣を想定し、虎の爪でどう立ち向かうか、いろいろと工夫してみたのである。

この間、孫八と蓑造たち地獄宿の者が、諏訪町を徹底的に探っていた。千次から森口の隠れ家が諏訪町にあると聞き出していたので、それを探り出すためであった。

そして、昨日、孫八が大川端の仕舞屋に森口と関谷が隠れ住んでいることをつかんできたのである。

――いよいよ、仕掛けねばならんな。

平兵衛は肚《はら》をかためた。

まだ、平兵衛には関谷を斬れる自信がなかったが、いつまでも延ばすわけにはいかなかった。こうしている間にも、右京が森口に仕掛けているかもしれなかった。

平兵衛は朽ちかけた山門を出て、深川へむかった。御竹蔵の脇を通り、竪川にかかる二ツ目橋を渡った。陽は家並のむこうに沈み、表店も板戸をしめている。それでも、暮色につつまれた町筋には、ぽつぽつと人影があった。家路を急ぐ出職の職人や一日の稼ぎを終えたぼてふりなどである。

深川に入り、前方に小名木川にかかる高橋《たかばし》が見えてきた。辺りはだいぶ暗くなり、通行人の姿もほとんど見られなくなった。平兵衛は足を速めた。夜陰につつまれる前に、長屋にもどりたかったのである。

高橋を渡ると、左手前方に霊巌寺の杜が夕闇に染まった家並を圧するように迫ってきた。通りは急に寂しくなった。右手は寺院の杜で、左手は武家屋敷の築地塀や長屋がつづいている。

——だれか、尾《つ》けてくる！

そのとき、平兵衛は背後から迫ってくる足音を聞いた。

振り返ると、夕闇のなかに大柄な町人体の男の姿が見えた。以前、平兵衛を尾けたことのある男である。栄二郎であろう。

栄二郎との距離は半町余り、急ぎ足でしだいに間がつまってくる。

――震えている！

平兵衛は自分の手が震えているのに気付いた。しかも、激しく震えている。ちょうど、強敵を相手に殺しを仕掛ける直前のような手の震えだった。

やつだけではない、と平兵衛は直感した。長年殺し人をつづけてきた者の勘といっていい。平兵衛は栄二郎といっしょに、強敵が仕掛けてきたのを感知したのだ。

――前だ！

霊巌寺の杜の樹陰に、かすかに人のいる気配がした。暗がりで、姿はまったく見えないが、闇が動いたような気がしたのだ。その闇のなかに獣がひそんでいるような気配がある。挟み撃ちにする気のようだ。おそらく、前方の暗がりにひそんでいるのは関谷か森口であろう。

また、闇のなかで動いた。何者かがこっちへむかって迫ってくる。わずかに、草鞋で地面を蹴る足音も聞こえた。

平兵衛の体が激しく顫えだした。

――逃げねば！

と、思った。

そのとき、前方に人影が見えた。樹陰がとぎれ、夕闇のなかにその姿があらわれたのだ。中背で痩身の牢人である。関谷であろう。前傾姿勢で疾走してくる姿に、餓狼のような不気味さがあった。

——やつは、あのときの！

逃げたひとりだ、と平兵衛は直感した。年齢も身装《なり》も異なっていたが、その疾走する姿がかすかに記憶に残っている男と重なったのだ。とすると、関谷はあのとき逃げた兄弟の片割れということになる。

関谷は眼前に迫ってきていた。すでに抜刀し、刀身が淡い月明りを映してにぶくひかっている。背後からも足音がひびいてきた。栄二郎も駆けてくる。

一瞬、平兵衛は逡巡したが、抜刀して反転すると、栄二郎にむかって駆けだした。咄嗟に、その場で待って、前後から攻められたら勝ち目はないと察知したのだ。

栄二郎の足がとまった。自分にむかって全力で疾走してくる平兵衛に、驚きと恐怖を感じたようだ。

それでも、栄二郎は逃げなかった。平兵衛を迎え撃つつもりらしく、匕首を手にして身構えた。

　平兵衛は逆八相に構え、一気に栄二郎に駆け寄った。

　イヤアッ！

　裂帛の気合を発し、平兵衛は走りざま栄二郎の肩口へ斬りつけた。

　その気魄と凄まじい寄り身に気圧された栄二郎は、脇へ跳びながら匕首を突き出して平兵衛の斬撃を受けようとした。

　キーン、という甲高い金属音がひびき、青火が散って栄二郎の匕首が虚空へ飛んだ。栄二郎は匕首で受けたが、その衝撃で手にした匕首は弾き飛ばされ、体勢がくずれて脇へ大きく泳いだ。

　平兵衛は二の太刀を揮わなかった。

　平兵衛は栄二郎を斬ろうとしたのではない。斬れば己の足がとまり、背後から迫ってくる関谷の斬撃を受けることになる。それを避けるため、道をあけさせようとしたのだ。

　栄二郎が脇へ泳いだ間隙をついて、平兵衛は走り抜けた。

「追え！　逃がすな」

　関谷の甲走った声が聞こえた。

　平兵衛は振り返らなかった。懸命に走った。背後で、ふたりの足音が聞こえた。関谷と栄二郎のものである。

すぐに、平兵衛は右手の細い路地へ駆け込んだ。足腰は軋《きし》み、喉はヒイヒイと喘鳴をもらし、胸はふいごのように喘いだ。それでも、平兵衛は足をとめなかった。

そこは海辺大工町で、小体《こてい》な町家がごてごてと軒を連ねていた。すぐに通りは四つ辻に突き当たり、その先にはいくつもの脇道がある。平兵衛には地の利があった。この辺りをよく通り、入り組んだ路地のことを知っていたのである。

平兵衛は夜陰につつまれ始めた辻を右手にまがり、さらに右手の細い路地へ駆け込んだ。そして、しばらく走ると、辻をまがったところまで聞こえていた背後の足音が聞こえなくなった。

——に、逃げられた。

平兵衛は足をとめて、その場につっ立った。そして、刀を納めるのも忘れてゼイゼイと荒い息を吐いた。老体が、悲鳴を上げている。

しばらく、平兵衛は顎を突き出し、上空を見上げたまま息の鎮まるのを待っていた。

頭上の三日月が、笑うように揺れている。

6

腰高障子のむこうで近付いてくる足音がした。足音は戸口でとまり、すぐに障子のあく音がした。

「ごめんなすって」

戸口で聞き覚えのある声がした。孫八である。

平兵衛は首を伸ばし、研ぎ場をかこった屏風越しに表を覗いてみた。孫八が土間に立っていた。黒半纏に股引という屋根葺き職人らしい身装《なり》である。長屋の住人に見咎められないような格好できたらしい。

平兵衛は研ぎかけの刀を布で拭って脇に置いてから戸口の方へ出てきた。

「どうしたな」

めずらしいことだった。孫八はまゆみに気を遣わせるのを嫌って、表から訪ねてくることは滅多になかったのである。

幸い、まゆみは裁縫の師匠の許に出かけていて留守だった。

「へい、元締めがすぐに来て欲しいそうで」

孫八は声を抑えていった。

「分かった」

何かあったようである。結び文で呼び出さずに、孫八が直接顔を出したということは、急ぎの用件があるからとみていい。

平兵衛は、まゆみに研ぎの依頼があって出かける旨を書き置きして、孫八といっしょに長屋を出た。こんなとき、客の依頼で出かけると書き置くのが常だった。

「関谷たちの居所が知れたのか」

通りへ出たところで、平兵衛が訊いた。

平兵衛が関谷たちに襲われて五日経っていた。襲われた翌日、孫八が長屋に姿を見せ、どういうわけか関谷と森口が諏訪町の隠れ家から姿を消してしまったと話した。その後、孫八や地獄宿の連中が、関谷たちの行方を追っていたのだ。

「そうじゃァねえんで。楢熊んとこで何か騒ぎがあったようでしてね」

孫八は歩きながらいった。

「騒ぎとは」

「さて、あっしもくわしいことは……」

孫八は語尾を濁した。後は、島蔵から聞いてくれ、ということらしい。

極楽屋のなかはいつもとちがって賑やかだった。地獄宿の連中が大勢集まっている。ただ、飲み食いに集まっているのではなく、飯台には腰を下ろさず立ったまま声高にしゃべっている者が多かった。何か異様な興奮と活気につつまれている。

「旦那、こっちへ来てくれ」

入ってきた平兵衛を目にした島蔵が、奥の飯台から声を上げて呼んだ。すぐ前に、右京の姿もある。

「おめえら、何かあったら、呼ぶから表に出てろ」

島蔵が大声を上げた。

その声で、男たちはぞろぞろと店から出ていった。ただ、島蔵のまわりにいた蓑造、与吉、裕三の三人だけはその場に残るようにいわれたらしく、飯台のまわりにつっ立っていた。

「さァ、こっちへ来て腰を下ろしてくれ」

島蔵は、飯台のそばにあった空樽に、平兵衛と孫八を腰掛けさせた。

「何かあったようだな」

腰を下ろすとすぐに、平兵衛が訊いた。

「おおありでさァ。昨夜《ゆうべ》、楢熊《ならくま》が殺られ《や》ちまったらしいんで」

島蔵が目を剝《む》いていった。

「なに、楢熊が！」

平兵衛が声を上げた。予期せぬ展開だった。孫八はこのことを知っていたらしく、驚いたような顔はしなかった。

「いったい、だれが殺ったのだ」

「それが、分からねえんで。おい、蓑造、おめえからもう一度、旦那に話してみろ」

島蔵が蓑造に顔をむけていった。

「へ、へい」

蓑造が訥々《とつとつ》と話したことによるとこうだった。

今朝がた、蓑造は大工の身装《なり》をして、それとなく元鳥越町の菊乃屋の前を通ると、若い子分らしいのがふたり、血相を変えて店から飛び出していくところだった。そのとき、子分のひとりが店先に顔を出した女房のお仙に、親分が殺されたらしいんで、とうわずった声でいった。

それを耳にした蓑造は、若いふたりの後を尾け始めた。行き先は近所で、掘割にかかる稲荷橋の近くだった。堀端には楢熊の子分らしいのが七、八人集まっていて、そのなかに栄二郎の姿もあった。栄二郎が、子分たちに何やら指図している。その足元に、死体があるようだった。

　蓑造ははたして楢熊かどうか確認したかったが、堀沿いの道は狭く、死体を見ることはむろんのこと、子分たちの話が聞こえるところまで近付くこともできなかった。

「それで、あっしは、飛んで帰《けえ》って、このことを親分に話したんでさァ」

　そこまで話して、蓑造はひと息ついた。

「とにかく、楢熊かどうか、はっきりさせるのが先だと思いやしてね。ここにいる、裕三と与吉も使って、もう一度探らせたんでさァ」

　同時に、島蔵は孫八も呼びにやり、右京のところへも使いを走らせたという。極楽屋の近くに住む孫八はすぐに顔を出し、平兵衛の許へ走ったらしい。

「それでどうした」

　黙って聞いていた右京が、蓑造に先をうながした。

「へい、すぐに、こいつらふたりと菊乃屋にとって返《けえ》しやした。行ってみると、ちょうど戸板で死骸《おろく》を店へ運び込むところでしてね。手下が騒いでいるのが聞こえやした。何人もが、親分とか、だれが殺ったんだ、とか喚《わめ》いてやしたから、楢熊が殺られたことはまちげえねえ」

　蓑造がすこし声を強くしていうと、脇に立っていた裕三と与吉も目を剝いてうなずいた。

「そういうことでしてね」

島蔵が、平兵衛と右京の方に目をむけた。

「だれが殺ったのかな」

平兵衛が、同じことを訊いた。

「分からねえが、楢熊の子分たちは、地獄屋の者が殺ったと思い込んでいるらしいんで」

「なに、わしらがか」

平兵衛が声を上げた。

「この三人が、聞き込んできたことによると、子分たちが何人も、親分は地獄屋の者に殺られたと口にしていたらしいんで。おい、そうだな」

島蔵が念を押すようにいい、立っている蓑造たちに視線をまわすと、三人はこわばった顔でいっせいにうなずいた。

「どうして、わしたちが殺ったことになったんだ」

「あっしらが耳にした子分たちの話だと、楢熊が殺られるのを見た者がいて、そいつが楢熊を匕首で突き刺す前、地獄屋の者だと名乗ったというんで」

島蔵が苦々しい顔をしていった。

「ここの者ではないな。……何者かが、仕組んだことだな」

右京や孫八でないことは確かである。地獄宿に住む多くの者も楢熊を憎んでいるが、島蔵が勝手な動きを抑えている。その島蔵に逆らい、地獄屋の者と名乗った上で楢熊を刺すような者がいるはずはなかった。

「……ともかく、これではっきりしましたよ。わたしたちへの仕掛けは楢熊ではなく、別の者だってことが」

右京が小声でいった。

「関谷や森口たちか」

平兵衛がそういうと、島蔵はギョロリとした目で虚空を睨んでいたが、

「いや、裏にだれかいるな。どうも、殺し人のたくらみじゃァねえような気がする。……栄二郎の親分かもしれませんぜ」

と、平兵衛に顔をむけていった。

「四ッ谷の方にいるという親分か」

すでに、平兵衛は品川で聞き込んだことを島蔵や右京に話してあったのである。

「そういうことで。……ついでに楢熊の縄張も手に入れるつもりで、殺ったのかもしれやせん」

「だが、楢熊を殺れば、手下たちが黙っていないだろう」

「それで、矛先をこっちにむけさせたんだと思いやすがね」

島蔵は苦虫を嚙み潰したような顔をした。

「そうか、それで、楢熊は地獄屋の者に殺られたように仕組んだのか」

平兵衛は、敵の狙いが読めたような気がした。

楢熊を始末して浅草、下谷、両国界隈の縄張を手にいれると同時に、島蔵をつぶして本所、深川一帯の闇の世界を手にいれる気なのだ。そのために、楢熊の子分と島蔵の手下を嚙み合わせて、両方をつぶす算段なのだろう。

栄二郎の影の親分が何者か知れないが、その男が四ツ谷辺りを中心に江戸の西方の闇の世界を掌握しており、ここで楢熊と島蔵をつぶして江戸の東方に勢力をひろげれば、ほぼ江戸全域を牛耳ることになるではないか。

このことを平兵衛が口にすると、

「あっしも、そんな気がしやす」

といって、島蔵は虚空を睨んだ。肌が怒張したように赭黒く染まり、大きな目が底びかりしていた。殺し人の元締めとして長年生きてきた凄味があった。まさに、閻魔のような面貌《おもて》である。

「何者かは知れぬが、思うようにはさせぬ。……こっちで、栄二郎や森口たちを片付ければ、乗り込んではこられまい」

平兵衛が声を強くしていった。

「そのとおりで……」

島蔵はそういっただけで、いっとき口をつぐんでいたが、もうひとつ、気になることがありやして、と急に声をひそめていい、

「おめえたちの用はすんだ。表へ行ってろ」

と、蓑造たち三人を店の外へ出した。

三人の姿が消えると、島蔵は辺りに目を配り、平兵衛と右京の他にだれもいないのを確認してから、

「ここで話していることが、やつらに洩れているようでしてね」

島蔵は大きな体を折るようにして、飯台に身を乗り出した。そして、耳を寄せた平兵衛と右京に何やら小声でささやいた。

7

翌日も、平兵衛は極楽屋に足をむけた。縄暖簾を分けて店に入って行くと、飯台で三人の男が飯を食っていた。与吉、裕三、それに文治《ぶんじ》という痩せた五十がらみの男だった。いずれも、地獄宿を塒にし極楽屋で賄ってもらっている連中である。

平兵衛が隅の席に腰を下ろしていっときすると、右京も姿を見せた。

板場から出てきた島蔵はふたりの姿を目にすると、

「たびたび、足を運んでもらってすまねえ。おい、千草、酒と肴を頼むぜ」

といって、板場にいるらしい千草に声をかけた。

平兵衛たちが腰を下ろしてしばらくすると、千草が酒と肴を運んできた。肴は小丼に入れた浅蜊《あさり》と油揚げの煮染めだった。

「ともかく、一杯やってくれ」

すぐに、島蔵が銚子をとった。

この日は、島蔵も猪口を手にした。いっとき、三人で酒を酌み交わしていたが、

「栄二郎を、このままにしておくわけにはいかねえ」

と、酔いのまわったような濁声で、島蔵が切り出した。その声に、与吉たち三人が島蔵の方に顔をむけたが、どういうわけか島蔵は出ていけとはいわなかった。

「それは分かってるが、簡単には始末できぬぞ。やつのまわりには、楢熊の手下がついているからな」

平兵衛が答えた。

「なに、旦那と片桐さんのふたりで菊乃屋を出たところを襲えば、何とかなるはずですぜ。……ここ二、三日《ち》のうちに、仕掛けてもらいてえ」

島蔵は、平兵衛と右京に頭を下げて頼んだ。

「承知した」

平兵衛が小声でいい、右京もうなずいた。

島蔵たちが、店内で酒を飲みながら話しているとき、店先からすこし離れた空地の藪のなかに屈み込んでいる男がいた。孫八である。孫八は縹《はなだいろ》色の半纏と股引、手ぬぐいで頬《ほ》っかむりして顔を隠していた。船頭か川並のような格好である。

しばらくすると、店から与吉、裕三、文治の三人が出てきた。与吉と文治は裏の地獄宿の方に行き、ひとり裕三だけが左手の掘割の方にまわった。

——亀か。

孫八は、裕三が家の左手の芥溜のそばに置いてある空樽のなかで、亀を飼っていることを知っていた。思ったとおり、裕三は空樽の前に屈み込んでなかを覗いている。

それから、いっときして店から千草が出てきた。千草は店先で周囲に目を配るように立ち止まってから、裕三のいる掘割の方へまわった。

亀の餌でも持ってきたのだろう。千草は裕三のそばに屈み込み、樽のなかに手を伸ばしていた。

ふたりはその場に屈み込み、何やら話しているようだったが、先に千草が立ち上がり、店の方にもどっていった。裕三もすこし遅れて立ち上がり、両肩を落としてぶらぶらと地獄宿の方にもどっていく。

それから、小半刻（三十分）ほどして、平兵衛と右京が店を出た。ふたりは何やら話しながら掘割にかかる橋を渡り、仙台堀沿いの道を西にむかって歩いていく。

孫八は藪のなかに身をひそめたまま動かなかった。さっきから極楽屋の店先を見つめたままである。

陽が西にかたむき、孫八のいる藪にも極楽屋の裏手にある乗光寺の杜の影が伸びてきていた。それから極楽屋に地獄宿の住人が数人出入りしたが、孫八は腰を上げなかった。

やがて陽が沈み、藪も極楽屋も夕闇につつまれた。極楽屋からかすかに人声が聞こえていたが、辺りはひっそりとして藪のなかを吹き抜ける風音だけが耳につくようになった。そのとき、店先に千草が姿を見せた。

——来たな。

勤めを終えて、帰るらしい。

千草は下駄を鳴らして足早に橋を渡り、仙台堀沿いの道を西にむかった。

孫八は腰を上げた。藪を抜け、ひょいひょいと跳ぶような足取りで雑草の茂った空地を通り、掘割にかかる橋を渡った。

孫八の身をつつんだ縹色の衣装は、夕闇に溶けて遠目には識別できないはずだが、孫八は掘割の土手や材木を積んだ陰などに巧みに身を隠しながら千草の跡を尾けていく。

やがて、前方に暮色にかすんだ橋が見えてきた。仙台堀にかかる海辺橋である。橋の左手には正覚寺《しょうかくじ》があり、正覚寺橋とも呼ばれている。千草がその橋のそばまで来たとき、橋のたもとに立っていた男が、ふいに近寄ってきた。

遊び人ふうの男だった。孫八とは距離があり、人相までは分からなかった。ただ、栄二郎でもないし、顔を知った栖熊の手下でもないようだった。

千草と男は何やら話しながら、堀沿いの道を大川の方へ歩いていく。

——男に、何か報《し》らせたようだ。

と、孫八は直感した。

千草は男の後に跟いて歩いた。男はときどき振り返って、千草に話しかけている。傍目《はため》には、夫婦のように見えるかもしれない。ふたりは大川に突き当たると、左右に別れた。千草は川上の両国の方へ、男は川下の永代橋の方へ歩いていく。

——どっちを尾けようか。

一瞬、孫八は迷ったが、男を尾けることにした。千草は、必要なら明日も尾行することができるのである。

千草と別れた男は、大川端を足早に歩いていく。

永代橋が間近に見えるところまで来たとき、男は左手へまがり、狭い路地へ入っていった。

孫八は走った。ここまで尾けてきて、男を見失いたくなかったのだ。

そこは佐賀町で、裏店が軒を連ねる細い路地だった。どの店も板戸をしめ、路地は夕闇につつまれていたが、まだ夕暮れどきの仄明りが残っていて、男の姿はぼんやりと識別できた。

孫八を足音を忍ばせて男の跡を尾けた。路地の両側の裏店のなかから、子供を叱《しか》る女の声や赤子の泣き声などが洩れてきた。狭い路地には夕餉時の騒然とした雰囲気がただよっている。

男は路地に入って数町歩いたところで、八百屋らしい裏店の角をまがった。八百屋の先は人家がとぎれ、空地、藪などがつづいていた。その寂しい地の一角に、古い板塀をまわした仕舞屋があった。どこかの旦那が、妾でもひそかに住まわせているような静かなたたずまいの家である。

男は枝折り戸を押して、その敷地へ入っていった。

孫八は小走りに板塀のそばへ行き、陰に身を寄せて塀の隙間からなかを覗いてみた。ちょうど男が戸口の前に立ち、おれだ、弥三郎《やさぶろう》だ、と声をかけているところだった。男の名は弥三郎、というらしい。

すぐに、引き戸があいて、大柄な武士が顔をだした。

――やつだ！

森口だった。

戸があいたとき、家のなかの行灯の灯が洩れ、遊び人ふうの男の横顔をかすかに浮き上がらせた。小太りで赤ら顔の男である。

「弥三郎か、入れ」

そういうと、森口はすぐに家のなかに入り、弥三郎も後にしたがった。

——やっと、見つけたぜ。

孫八は、ここが森口と関谷の新しい隠れ家にちがいないと思った。

それでも念のためなかの様子を確かめてみようと思い、孫八は板塀伝いに庭先の方へまわった。そっちから明りが洩れ、人のいる気配がしたからである。

障子に人影が映っていた。二、三人いるらしいが、人影はぼんやりして男なのか女なのかも分からなかった。

かすかに話し声が聞こえた。孫八は板塀に身を寄せて耳をたてた。くぐもった男の声が聞こえてきたが、何を話しているかはまったく聞き取れなかった。

ただ、洩れてくる会話や声の調子から武家言葉を遣う者がふたりいることが分かった。おそらく、森口と関谷だろうと思った。

孫八は板塀の陰から身を離した。焦ることはなかった。明日、出直して近くに張り込めば、住人の正体は知れるだろう。

第五章　敵討ち

1

平兵衛は研ぎ場に座り、愛刀の来国光を研いでいた。研ぐといっても、刃欠けを直し寝《ね》刃《たば》を合わせる（斬れ味の鈍った刀の刃を研ぐ）だけである。すでに多くの実戦で人を斬り、その都度研いできた国光は研ぎ減りし、刃の部分がすこしうすくなっていた。それでも、よく斬れ、手にも馴染んだ。実戦のときには、手放せない刀である。

研ぎ終えると鞘に納めて立ち上がった。土間の竃《かまど》の前で屈んでいたまゆみが、目敏《ざと》くその姿を目にし、

「父上、また、お出かけですか」

と、訊いた。眉を寄せて顔をしかめている。竃から流れ出た煙が目にしみたのか、ちかごろ平兵衛がよく出かけるので困惑しているのか。その両方かもしれない。

「片桐さんに、永山堂《えいさんどう》にいっしょに行ってくれないかと頼まれてな」

平兵衛は口ごもっていった。

永山堂というのは、日本橋にある刀屋である。まれに、平兵衛も刀の研ぎを頼まれることがあり、まゆみも店の名は知っていた。

ただ、右京と永山堂に行くというのは嘘だった。まゆみを心配させたくないので、咄嗟《とっさ》に嘘をついたのである。

「夕餉までには、帰れますか」

まゆみは立ち上がって訊いた。その足元から、戸口の方へ白い煙が流れていた。

「そのつもりだが、分からんな。片桐さんは、刀となると夢中になってしまってな。遅くなったら、先に食べて休んでくれ」

「夕餉に、ふきの煮付けをしようと思ったのに」

まゆみは、不服そうに頬をふくらませた。そうした仕草には、まだ子供らしさがあった。

「せっかくだ、遅くなっても食べよう。取っておいてくれ」

そういうと、平兵衛は上がり框から土間へ下りた。

「父上、気をつけてくださいね。もう、年寄りなんだから、暗くならないうちに帰らないと……」

まゆみは、戸口に立って平兵衛を見送った。

平兵衛は通りにつづく路地木戸をくぐりながら、年寄りは、よぶんだ、と思い、顔をしかめたが、腹が立ったわけではなかった。不思議とまゆみにいわれると、年寄りも悪くはないという気がするのである。

平兵衛はふだん刀を研ぐときに使用している紺の筒袖にかるさん姿だった。背をまるめてとぼとぼと歩く姿は、頼りなげな老爺に見えた。ただ、腰に帯びた米国光だけは、その姿にふさわしくない一刀であった。

竪川沿いの道に出て、両国方面にしばらく歩くと、一ツ目橋のたもとに立っている男の姿が目に入った。孫八である。

「待たせたかな」

平兵衛は足早に近寄った。

八ツ半（午後三時）ごろ、橋のたもとで会うことになっていたのだ。

「いえ、あっしも、ついさっき来たばかりで」

孫八がいった。

ふたりは、そのまま肩を並べて歩きだした。向かう先は、浅草元鳥越町である。

孫八が、森口と関谷の隠れ家をつきとめて五日ほど経っていた。平兵衛と右京は、すぐにも森口と関谷を斬るつもりだったが、

「先に、栄二郎を斬ってもらえないだろうか」

と、島蔵に懇願されたのである。

島蔵の話によると、栄二郎は森口と関谷の名を出して子分たちを恫喝し、楢熊に代わって一家を牛耳るようになったという。

そして、子分たちに親分の敵を討つ気があるなら、地獄宿に住む者たちを片っ端から殺せばいい、とけしかけているというのだ。

「何とか怪我ですんだが、与吉と文治が襲われやしてね。これ以上、栄二郎を放っておけないんで」

島蔵は切羽詰まった顔でいった。

「分かった。先に栄二郎を片付けよう」

平兵衛は承知せざるを得なかった。

平兵衛は孫八と肩を並べて歩きながら、栄二郎は菊乃屋にいるのかね、と念を押すように訊いた。

「へい、ここへ来る前に、ちょいと店の様子をうかがってきやしたんで」

孫八によると、しばらく菊乃屋のちかくに張り込み、栄二郎が手下を連れて店に入るのを目にしたという。

「やつがいるのは賭場か、菊乃屋のどちらかだろうからな。……それで、孫八、匕首は握れるのかね」

平兵衛は孫八の左肩に目をやりながら訊いた。

栄二郎を殺る相談をしていたとき、孫八が、何としても栄二郎だけは、おれの手で殺《や》りてえ、といいだしたのである。このままでは、殺し人としての顔がたたないというのだ。それで、栄二郎は孫八にまかせることにしたのだが、肩の傷が癒えたかどうか心配だったのである。

「もう、大丈夫《でえじょうぶ》で。これ、このとおり」

孫八は左腕をまわして見せた。

「それなら、匕首を遣えそうだな」

「へい、ところで、旦那、酒を用意しなくてもいいんですかい」

孫八が歩をゆるめながら訊いた。

「見ろ。このとおりだ」

平兵衛は、両手をひらいて見せた。震えはなかった。いくぶん、胸の高揚はあったが、手が震えるほどではなかった。今夜、平兵衛が斬ることになっていたのは、栄二郎にしたがっている手下ふたりである。それほどの相手ではない。しかも、逃がしてもかまわないのだ。

「それなら、酒はいらねえようだ」

孫八は口元に苦笑いを浮かべた。

ふたりは元鳥越町の掘割のそばの空地で待ち伏せることにした。菊乃屋からは三町ほど離れた場所で、栄二郎が賭場へ行くとき通る道筋だった。幸い、通りに人影はなかった。

空地の隅に深緑を茂らせた樫《かし》があり、ふたりはその樹陰に身をひそめて通りをうかがった。

暮れ六ツ(午後六時)にちかいだろうか。雀色時《すずめいろどき》で空は茜《あかね》色に染まっていたが、樹陰には夕闇が忍んできていた。

いっときすると、ちかくの寺で撞く鐘の音がした。夕暮れ時の静寂を震わせた晩鐘の音が消えると、通りの先から雪駄らしい複数の足音がし、くぐもった男の声が聞こえてきた。

「旦那、来やした!」

孫八が声を殺していった。

2

近付いてくる人影は四人だった。顔ははっきりしなかったが、大柄な男が栄二郎であろう。栄二郎の前にひとり、左右に遊び人らしい男がふたり従っていた。おそらく、子分を引き連れて賭場へ行く途中なのだろう。すっかり、親分気取りである。

「旦那、子分が三人いやすぜ」

孫八の顔に戸惑ったような表情が浮いた。

孫八によると、ふだん栄二郎が賭場へ行くとき引き連れている子分はふたりとのことだったが、予想よりひとり多いのである。

「やつも、警戒してひとり増やしたのかもしれんな」

「どうしやす」

「なに、ふたりでも三人でも大差はない。おまえは栄二郎だけを狙え。わしが、後の三人は引き受ける」

手下の持っている武器は匕首のはずである。取り囲まれなければ、三人でも始末できるはずだった。

「まず、わしが斬り込む。おまえは、脇から栄二郎だけを狙え」

「へ、へい」

孫八はふところに手をつっ込み、匕首を握りしめながらいった。気が昂《たかぶ》っているらしく、目がつり上がっている。

四人の男たちが迫ってきた。淡い暮色のなかに、栄二郎の顔が浮き上がったように見えていた。四十がらみだろうか、肌の浅黒い顔の造作の大きな男だった。引き連れている三人は、それぞれ縞や格子柄の着物を尻っ端折りしたり着流ししたりして、栄二郎を囲むようにしてやってくる。

「先に行くぞ」

平兵衛は抜刀した。

先頭の男が、ひそんでいるふたりのほぼ正面にきたとき、平兵衛は飛び出した。

ザザザッ、と叢を分ける音がした。平兵衛は刀をひっ提げて一気に栄二郎たちに迫った。背の丸まった平兵衛の姿には、獲物を追う獣のような迅さと果敢さがある。

「だれだ！　てめえ」

栄二郎の前にいた細身の男が声を上げた。

平兵衛はかまわず突進した。刀を逆八相に構えたまま、痩身の男との斬撃の間に踏み込む。虎の爪の迅速の寄り身である。

「地獄屋の者だ！」

栄二郎が叫んだ。

痩身の男が顔をこわばらせ、ふところから匕首を引き抜いた。だが、身構える間はなかった。

駆け寄りざま、平兵衛は虎の爪の一刀を揮った。逆袈裟の太刀が男の右肩口から入り、匕首を構えようと上げた右手を截断し、胸を深くえぐって左脇へ抜けた。一瞬の斬撃である。

細身の男の截断された腕と胸部から血が噴出した。男は短い絶叫を上げ、血を撒きながらその場にくずれるように倒れた。血まみれになった胸部の傷口から白い肋骨が覗いている。

平兵衛の迅速な動きは、それでとまらなかった。間髪をいれず反転し、刀身を返して右手にいたずんぐりした体軀の男へ急迫した。

男は恐怖に目を剝き、匕首を手にしたまま後じさった。

「殺《や》れ！　ひとりだ」

栄二郎が吠え声を上げ、ふところの匕首を抜いて身構えた。

左手にいた長身の男が、平兵衛の背後にまわろうと掘割沿いを走った。

その動きには目もくれず、平兵衛は鋭い寄り身でずんぐりした体軀の男に迫り、斬撃の間に踏み込むや否や、ヤアァッ！と、裂帛《れっぱく》の気合を発して斬り込んだ。

真っ向に斬り込んだ刀身が、一瞬、後ろに身を引いた男の顔を浅く裂いた。瞬間、ずんぐりした男の額から顎まで血の線がはしった。

ギャァッ！という凄まじい悲鳴を上げて、男は後ろへのけ反った。男の顔を縦に裂いた傷から血が噴き出した。その顔が赤い布を張り付けたように染まっていく。

顔を裂いた一撃は致命傷にならなかったが、平兵衛は二の太刀を揮わなかった。すばやく反転して、背後に近付いてきた長身の男の刺撃にそなえたのである。

——いまだ！

平兵衛がふたり目の男の顔に斬撃を浴びせたとき、孫八は樹陰から飛び出した。栄二郎は平兵衛に対して身構え、背中を見せていた。孫八は、いまなら栄二郎を刺せると踏んだのである。

孫八は匕首を手にして疾走した。

栄二郎は平兵衛に気をとられ、背後から走り寄る孫八に気付かなかった。

「貸元！　後ろから」

ひき攣《つ》ったような声を上げたのは、長身の男だった。

栄二郎が振り向いた。突進してくる孫八に気付いた栄二郎は、反転して匕首を構えようとした。

だが、間に合わなかった。体をひねったところへ、孫八が体ごとつっ込んできた。孫八の匕首は、栄二郎の太い脇腹にめり込むように深々と刺さった。

「てめえは、孫八……！」

栄二郎は目尻が裂けるほど瞠目し、右手に持った匕首を振り上げた。密着した孫八の肩口へ振り下ろそうとしたのである。

瞬間、孫八は栄二郎の肩を左手で突き飛ばして背後へ跳んだ。

よろっ、と栄二郎の大きな体がよろめいた。孫八に臓腑を抉《えぐ》るほど深く刺されたが、すぐには死なない。刺し傷は出血もすくないので、脇腹の着物にわずかに血が染みているだけだった。

「や、やろう！　死にぞこないのくせしやがって」

栄二郎は体勢をたてなおすと、憤怒に顔をゆがめ、匕首を手にして間をつめてきた。

間合がつまると、栄二郎は孫八の腹を狙って匕首を突き出したが、やはり動きはにぶかった。孫八は脇へ跳んで難なくその刺撃をかわした。しかも、孫八は身をかわしながら、匕首を横に払ったのである。

その切っ先が、栄二郎の耳の下の肉を抉った。血が音をたてて噴き出た。深い傷ではなかったが、血管《ちくだ》を斬ったらしい。

栄二郎は左手で耳の下を押さえ、その場につっ立った。血が指の間から、シュルシュルと音をたててほとばしり出た。見る間に、栄二郎の顔や胸が血に染まっていく。いっとき、栄二郎は血達磨になって唸り声を上げていた。鬼のような形相である。

グラッ、と大柄な体が揺れ、栄二郎は体勢を立て直そうと前に一歩踏み出したが、そのまま前にくずれるように倒れた。

「孫八、仕留めたようだな」

声がした方を振り返ると、血刀をひっ提げた平兵衛が立っていた。返り血を浴びたらしく、平兵衛の顔は赭黒く染まっていた。ハァ、ハァと荒い息を吐いている。よほど、激しく動いたのだろう。

「旦那、大丈夫《でえじょうぶ》ですかい」

「い、息が苦しいだけだ……」

平兵衛は顎を突き出し、苦しそうな顔でいった。

「それで、手下たちは」

孫八は、慌てて周囲に目をやった。

いつの間にか夕闇が辺りをつつんでいたが、空にはまだ残照があり、平兵衛の姿も掘割や孫八たちがひそんでいた樹陰もはっきりと見えた。孫八は通りの先まで目をやったが、付近に人影はなかった。

「片付けたよ」

いくらか息が治まってきたらしく、平兵衛は顔の返り血を手の甲で拭いながらいった。

平兵衛の足元で、ひとり倒れていた。すでに絶命しているらしく、ピクリとも動かない。もうひとりは、数間離れた路傍で仰臥していた。こっちも、息絶えたらしい。

そのとき、掘割の岸ちかくの叢で呻き声が聞こえた。まだ、生きているらしく、もそもそと動いている。

「ひとり、生きてやすぜ」

「どうせ助からぬ身だ。とどめを刺してやろう」

そういうと、平兵衛は叢に近付き、顔を血に染めて呻いているずんぐりした体軀の男の胸を背後から刀身で突いた。

「旦那、こいつらどうします」

孫八が訊いた。

「そうだな。朝になれば、町の者が通るだろう。驚かしてもかわいそうだ。藪のなかに引き込んでおこう」

そういって、平兵衛は足元に倒れている男の両足を持つと、近くの藪の方へ引いていった。

すぐに、孫八も別の男の死体を動かし始めた。

3

平兵衛と孫八が、元鳥越町で栄二郎を待ち伏せしていたころ、右京は町家の板塀の陰から、仙台堀にかかる海辺橋の方に目をやっていた。

右京の憂《うれ》いをふくんだ白皙《はくせき》に夕日が映え、淡い鴇色《ときいろ》に染まっていた。眠っているように表情のない顔である。

右京は、千草が海辺橋のたもとで赤ら顔の小太りの男と会い、何か報《し》らせていたと孫八から聞いたとき、ある男のことが脳裏をよぎった。千草を打擲《ちょうちゃく》した朝次という男である。右京に取り入るために、ふたりで一芝居打ったのではないかと思った。孫八によると、その男は森口から弥三郎と呼ばれていたそうなので、名前はちがっていた。

——弥三郎が本名であろう。

と、右京は思った。一芝居打って、ひとを騙そうとする者が本名を名乗るはずはないのである。

弥三郎と千草だけは自分の手で始末したい、と右京は思った。そうでなければ、千草から洩れた情報がもとで森口や関谷の手にかかって死んでいった地獄宿の者に、顔向けできないと思ったのである。

ただ、右京には腑に落ちない点もあった。島蔵によると、栄二郎たちに情報を運んでいたのは千草かもしれない、という思いもあって、千草のいる店のなかでは大事な話はしなかったというのだ。

「ほかに、どこからか漏れてるかもしれねえ」

島蔵はそういって、首をひねったのである。

いずれにしろ、千草が地獄宿で探った情報を伝えてたのは間違いなかった。それを、弥三郎に繋いでいたのであろう。

弥三郎は千草が帰るころを見計らって海辺橋のたもとで待っていたにちがいない、と右京は見当をつけた。それで、昨日から夕方のいっとき、この場に立っていたのである。

日が暮れてきた。深川の家並は暮色に染まり、仙台堀を行き来していた猪牙舟も見えなくなった。ハタハタと、板戸をしめる音が聞こえてくる。どこかで、子供の泣き声がし、犬の遠吠えが聞こえた。逢魔《おうま》が時《とき》と呼ばれるころである。

海辺橋を渡る人影もほとんどなくなってきた。淡い夕闇のなかに橋梁が黒く浮き上がったように見えていた。

そのとき、正覚寺の方から橋を渡ってくる人影が見えた。遊び人ふうの男である。

――あの男だ。

顔は、はっきり見えないがその体付きや風情に見覚えがあった。千草を打擲していた男である。弥三郎であろう。

弥三郎は橋を渡り終えると、人目を避けるように岸辺の柳の樹陰に身を寄せた。千草を待っているようである。

右京は動かなかった。自分の目で、千草と弥三郎が会うのを確かめてから仕掛けようと思ったのだ。

弥三郎が姿を見せて、小半刻（三十分）ほどしたときだった。吉永町の方から下駄の音がし、千草があらわれた。何が入っているのか、千草はちいさな風呂敷包みをかかえていた。近所に用足しに出かけた町娘のようである。

千草が橋のたもとに近付くと、弥三郎が樹陰を離れ、スッとそばに近寄ってきた。ふたりは何やら言葉を交わし、そろって仙台堀沿いの道を大川方面へ歩きだした。

右京は板塀の陰から通りへ出た。一町ほど間をおいて、右京は軒下や物陰をつたいながら、ふたりの跡を尾け始めた。暮れなずんだ町筋には淡い明りが残っていて、振り返れば尾行に気付かれる恐れがあったのである。

ふたりは大川端に出ると、左右に別れた。千草は川上の両国方面へ。一方、弥三郎は仙台堀にかかる上ノ橋を渡って、川下の永代橋の方へぶらぶらと歩いていく。

右京は走りだした。孫八から佐賀町にある隠れ家のことは聞いていたので、弥三郎がそこへむかったであろうことは予想できた。右京は先まわりして、弥三郎を待ち伏せするつもりだった。

右京は上ノ橋を渡り、佐賀町へ入るとすぐ、左手の路地へ駆け込み、川沿いの道と並行している路地をたどった。

しばらく走ったところで、右京は右手にまがって大川沿いの道へもどった。左右に目をくばると、一町ほど後をこっちに向かって歩いてくる弥三郎の姿が見えた。幸い、付近に人影はなかった。道沿いの表店も板戸をしめている。右京はすばやく町家の陰に身を隠し、弥三郎が近付いてくるのを待った。

右京は弥三郎の姿が数間先に近付いたとき、町家の陰から通りへ出た。

弥三郎は前に立ちふさがるように立った右京を見て、驚いたように足をとめたが、すぐに右京と気付かなかったらしく、夕闇を透かすようにしてこっちをうかがっていた。

「しばらくだな」

右京は弥三郎に歩を寄せながら、腰の刀の鯉口を切った。

「こ、これは、旦那」

一瞬、弥三郎の顔に驚きと狼狽の色が浮いた。気付いたようだ。

「この顔を覚えていたか」

「へえ、あんときゃァ、こっぴどくやられやしたぜ」

弥三郎は身を前にかがめ、後ろに尻を突き出すようにして後ずさりし始めた。隙を見て逃げだすつもりのようだ。

「まだ、千草とつながっていたのか」

いいながら、右京は弥三郎との間合をつめた。

「とんでもねえ。あれで懲りちまって、あれっきり千草とは会ってませんや」

「そうか。さきほど、海辺橋で会っていたのを見たがな」

さらに、右京は間合をつめた。

「おまえが、弥三郎という名であることも分かっている」

「……………！」

弥三郎の顔が恐怖にゆがんだ。

「おれを騙して極楽屋にもぐり込むために、ふたりで一芝居打ったというわけか」

右京が刀の柄に右手を添えた。

「殺られてたまるか！」

ふいに、弥三郎は反転して駆けだそうとした。

瞬間、右京の腰元から閃光が疾《はし》った。前に踏み込みざま抜き付けの一刀を揮ったのである。

その切っ先が、後ろをむいた弥三郎の首筋をとらえた。首が横にかしぎ、血が火花のように噴出した。弥三郎は悲鳴も呻き声も上げなかった。血を撒きながらよたよたと走り、ふいに足をとめて両膝をつくと、前に両手を伸ばしてつっ伏した。

弥三郎は、もそもそと体を動かした。だが、それもほんのいっときで、すぐに動かなくなり四肢を痙攣させるだけになった。首筋から噴き出した血が地面にひろがり、弥三郎の顔や胸の辺りを赤くつつんでいく。

右京は無言だった。倒れている弥三郎の袖口で刀身の血をぬぐって納刀すると、その死体の足をつかんで大川端まで運び、岸から蹴落とした。死体は土手をころがり、川面に落ちて水音をたてた。

死体は夕闇におおわれた水面をゆっくりと流れていく。

――こうしておけば、しばらく気付かれまい。

右京は胸の内でつぶやくと、足早にその場を離れていった。

4

裕三は樽のなかを這いまわっている亀を眺めていた。底の方に一寸ほど水が入れてあったが、甲羅が乾いて白っぽくなっていた。亀の頭に指先を近付けると、首を伸ばして大きな口をあける。餌をねだっているのである。

そのとき、背後で下駄の音がした。裕三は振り返らなくとも、だれが来たか分かった。千草である。

「ほら、浅蜊《あさり》のむきみだよ」

千草は裕三のそばに屈み込むと、握っていた掌をひらいて見せた。濡れた掌に、浅蜊のむきみが数切れ載っていた。千草が、板場から亀の餌に持ってきたのである。

裕三が、それをつまんで亀の頭ちかくに垂らしてやると、亀は首を伸ばしてパクリと食いついた。

ふたりして代わる代わる餌をやっていたが、

「ねえ、片桐さんだけど、今日は親父さんとどんな話をしてたの」

と、千草が亀に目をやったまま訊いた。

右京が弥三郎を斬った翌日だった。弥三郎の死体は発見されておらず、千草もそのことに気付いてないはずだった。この日、八ツ半（午後三時）ごろ、右京はふらりと極楽屋にやってきて、裕三たちのいる近くで、島蔵と話し込んでいたのだ。

千草から右京のことを訊かれて、裕三は顔をこわばらせたが、すぐに表情を消し、

「栖熊んところへ居座った男のことさ」

と、他人事《ひとごと》のようにしゃべった。

「栄二郎とかいうやつかい」

千草も、世間話でもするように訊いた。

「そうさ、やつを斬ったんだとさ」

「片桐さんがかい」

「ちがうよ。安田の旦那さ。あの旦那は年寄りだけど、すげえ腕なんだぜ」

裕三は声を大きくしていった。心底そう思っていた。だからこそ、裕三は平兵衛の力を借りて兄の敵を討とうとしていたのである。

「ほんとかい。そんなふうには見えないじゃァないか。すこし腰もまがってるし、頼りなげだよ」

「そんなこたァねえ。あの人は、おれの兄いを殺したやつらも、斬ることになってるんだから」

裕三はむきになっていった。

「それ、いつのことさ。だって、相手がどこにいるかも、分かってないんだろう」

そういって、千草は掌に残ったむきみの最後の一切れを亀にやった。

「分かってるらしいぜ。おれは知らねえけどよ」

そういうと、裕三は立ち上がって腰を伸ばした。

千草は屈《かが》み込んだまま樽のなかの亀を見ていたが、

「ねえ、この亀、放してやんなよ」

と、裕三を見上げていった。

「どうしてだよ」

裕三が怒ったような口吻《こうふん》で訊いた。

「かわいそうじゃァないか。こんな狭いなかで、一日中《いちんち》這いまわってるだけじゃァ」

「餌をやってるぞ」

「食い物があったって、つまらないだろう。堀や池のなかの方がいいにきまってるよ。な、そうだろう」

千草は亀の頭を指先でつつき、亀に話しかけるような口調でいった。

裕三は、千草が自分の境遇を重ねていっているのだろうと思った。

「そのうち、放してやるさ」

そういうと、裕三は樽から離れて、地獄宿の方に足をむけた。胸が苦しくなり、それ以上千草といっしょにいられなかったのである。

千草は、いっとき屈んだまま亀を見ていたが、これじゃァ死んだ方がましさ、そうつぶやくと腰を上げて店の方にもどっていった。

極楽屋のなかには、右京のほかに三人ほど客がいた。見慣れた地獄宿の住人ばかりである。千草は酌をしながら右京や他の客をひとまわりしてから板場へもどった。

それから半刻（一時間）ほどすると、板場や店のなかがうす暗くなってきた。そろそろ陽の沈むころである。

「千草、そろそろ帰ってもいいぜ。暗くならァ」

流し場で、洗い物をしていた島蔵が千草に声をかけた。

「だって、まだ、片桐さんがいるよ」

他の三人は帰り、店に残っているのは右京だけだった。右京はいつものように隅の飯台にひとり腰を下ろし、手酌で飲んでいる。

「いいんだよ、あの人は放っておけば。……そのうち、風で飛ばされたみてえにいなくなっちまうんだから」

島蔵は苦笑いを浮かべながらいった。

「そう、それじゃァ帰らせてもらうよ」

千草は片襷をはずしていった。

板場を出て店内を見ると、まだ右京は飲んでいた。隅の方の闇溜りのようななかで、ひとりぽつねんと腰を下ろしている。千草の方に顔をむけたようだったが、表情も動かさなかった。

千草は、右京に声をかけず、ちいさく頭を下げて店の外に出た。

チラッ、と左手の掘割の方に目をむけた。裕三の姿はなかった。夕日が夏草に埋まった空地や掘割、その先の広漠とした木場を淡い蜜柑色に照らし出している。まだ、木場では仕事をしているらしく、手斧《ちょうな》の乾いた音がひびいていた。

千草は掘割にかかる橋の方へ歩きだした。

そのとき、右京がふらりと立ち上がった。そして、千草の後を追うように足早に店を出ていた。

その右京の背を見ている者がいた。裕三である。裕三は極楽屋の隅に積んであった空箱の陰から右京の姿を見送り、半町ほど離れると、その跡を尾け始めた。

5

千草が足をとめて振り返った。後ろからの足音に気付いたらしい。

「あら、片桐さん、お帰りだったの」

千草は右京が近付くのを待っていた。このごろ片桐さんと呼ぶようになり、右京に対しても伝法《でんぽう》な物言いをするようになってきた。

「ああ、途中までいっしょに帰ろうと思ってな」

右京は抑揚のない声でいった。

「嬉しい。やっと、あたしのこと気にかけてくれるようになったんだ」

そういうと、千草は肩先がくっつくほど身を寄せてきた。

右京はめずらしく千草と歩調を合わせて、仙台堀沿いの道を大川の方にむかって歩いた。夕日が真向かいに沈むところだった。夕焼けに掘割の水面が血を流したような緋色に染まっている。

「千草、深川へ来る前はどこにいたんだ」

歩きながら、右京が訊いた。

「深川の前……。浅草だよ。浅草寺のちかく」

慌てたような口振りで、千草がいった。

「そうではあるまい。品川ではないのか」

右京は、平兵衛から栄二郎たちが品川にいるとき、若い娘がひとり仲間にいたらしいという話を聞いていた。それが、千草ではないかと思ったのである。

「し、品川……。あたし、品川なんていったこともありませんよ」

千草は狼狽したように声を詰まらせていった。

「そうか。ところで、岩本町でおまえを叩いた朝次という男だが、その後、どうした」

右京は、静かな声音で訊いた。

「あ、あいつ、お蔭さまでもう縁が切れましたよ。あれっから、まったく会ってないんですよ」

千草の声はすこし上ずっていた。

「そうかな。昨夕、海辺橋のたもとでそれらしい男と会っているのを見たがな」

右京は足をとめて千草の方に顔をむけた。

「……！」

ギョッ、としたように千草も足をとめた。そして、目をつり上げて右京を睨んだ。きつい顔をしていたが、内心狼狽しているらしく肩先が震えていた。

「あれは、人違いだったかな」

右京は事も無げにいって、ゆっくりと歩きだした。

「そ、そうだよ。人違いに決まってるだろう」

千草は慌ててそういうと、右京の後を跟いてきた。

「あの男は朝次でなく、弥三郎というそうではないか。おまえと弥三郎は栄二郎の子分なのか」

右京がそう訊くと、千草の顔から血の気が引いた。千草は右京に正体をつかまれたことを察知したようだ。ただ、逃げ出すような素振りは見せず、目をつり上げ肩を振るようにして歩いている。

「それとも、弥三郎の情婦《いろ》か」

右京は淡々とした調子で訊いた。

「あたしゃァ、栄二郎の子分でもないし、弥三郎の情婦でもないよ」

千草の声が、甲高い棘《とげ》のあるひびきに変わった。顔にも、いかにも伝法な女らしいふてぶてしさが浮いていた。本性をあらわしたようである。

「おまえが、地獄屋で聞き込んだことを弥三郎に伝えていたことは分かっている」

「ああ、そうだよ。そのために、あの店にもぐり込んだのさ。あたしの役目はね、それだけじゃァないんだ」

千草は目をつり上げていった。

「他にもあるのか」

「おまえさ。おまえを、あたしが殺すことになってたのさ」

「そうか」

右京は千草がことあるごとに擦り寄ってきた理由が分かった。何かは分からぬが、刃物の類を身に隠し持っていて、心を許した隙をついて殺すつもりだったのだろう。

「おまえのような若い娘が、なにゆえやくざ者の手先などしているのだ」

右京が訊いた。

「あたしはねえ、そういう身の上に生まれちまったのさ。樽のなかの亀みたいに、出たくとも出られないのさ」

千草は挑むような口調でいった。

「やくざの子に生まれたということか」

「そうさ、あたしの父親はね、博奕打ちだったのさ。あたしが十三のときに、その父親が死んじまって、親分に引き取られたのさ。……親分のいうとおりに生きるよりしょうがないじゃァないか」

「親分というのは、四ツ谷にいる男か」

千草が親分というからには栄二郎や森口たちではないだろう、と右京は思った。栄二郎たちの後ろ盾だという四ツ谷の親分しか考えられなかった。

「知らないよ」

千草は吐き捨てるようにいうと、ふいに足をとめた。そして、あたしをどうする気なんだい、と右京を睨みつけながら訊いた。

「かわいそうだが、死んでもらうしかない」

「…………！」

千草の顔がひき攣《つ》った。

「昨夜、弥三郎もおれが斬った」

いいざま、右京は左手で刀の鯉口を切り、柄に右手を添えた。

千草は二、三歩後じさり、襟元に右手を伸ばして何か抜き出した。太く長い針のような物である。その武器を構えようとしたとき、右京が抜刀して前に飛んだ。

右京の腰元から一閃した切っ先が、千草の首筋を横にえぐった。

ヒェッ、という細い悲鳴と、首根から血飛沫《ちしぶき》がほとばしるのとがいっしょだった。千草は血を撒きながらよたよたと歩いたが、すぐに前につんのめるように倒れた。路傍につっ伏した千草は手足を動かし、かすかに喘鳴《ぜんめい》を洩らしていたが、やがて絶命したらしく静かになった。

その手に、四寸ほどの太い針のような物が握られていた。馬針《うまばり》を、細く鋭利に尖らせた物らしい。右京の隙を見て、これを背後からぼんのくぼにでも突き刺すつもりだったのであろう。

右京は千草の手から馬針を取り、仙台堀のなかに放り投げた。そして、血刀を千草の袖口でぬぐっていると、背後で足音がした。

「裕三か」

「へ、へい」

裕三は蒼ざめた顔をこわばらせ、血まみれになっている千草の死体に目を落とした。体が小刻みに顫えている。

「なぜ、尾けてきた」

右京は、裕三が跡を尾けてきたことも知っていた。

「き、気になって……」

「千草の正体を知っていたのか」

「親父さんから、それとなく聞きやしたし、あっしも何となくおかしいと思ってやした。ただ、この女が栄二郎たちの仲間とは思わなかったもんで、亀に餌をやりながら、極楽屋で聞いたことをしゃべっちまいやした。それで、恵松さんたちが……」

裕三は喉をつまらせ、声を震わせていった。

「おまえのせいではない。地獄屋に連れてきたわたしが悪いのだ。それに、千草はおまえだけから話を聞いたわけではあるまい。極楽屋で飲み食いしている者たちの話は、みんな耳にしていたはずだ」

「…………」

右京はなぐさめるようにいった。

「それにな、千草はそれほど悪い女でもなかったようだ」

右京が立ち上がっていった。

「そ、そうなんです。この女はいつも余り物を亀にくれてやした。それに、あっしにも気を遣ってくれたし……」

裕三は顔をしかめ、嗚咽《おえつ》をこらえながら訴えるような口調でいった。

「自分の身の上と重なるところがあったからだろうよ。……千草をここに放置して、野犬に食い千切られるのもかわいそうだ。裕三、元締めにこのことを話してな、地獄宿の者を何人か呼んで千草を極楽屋の裏にでも埋めてやるといい」

「へ、へい」

喉のかすれたような声で返事をすると、裕三は夕闇のなかへ飛び出していった。


翌朝、裕三は千草を埋めた土盛りに付近の空地で摘んできた野花をたむけてやった後、芥溜のそばに置いてある空樽のそばに行った。亀を放してやるつもりだった。

千草は裕三たちが極楽屋のなかで話したことを亀に餌をやりながら聞き出し、それを栄二郎たちに伝えていたのだ。裕三はそのことを知って強い衝撃を受けた。

——ひどい女だ。

と、思い、当初は千草を憎んだが、しばらく経つと千草に対する気持ちは変わってきた。姉弟のような情愛が胸に湧いてきたのである。

千草が亀に餌をやっていたのは、自分から話を聞き出すためだけではない、と裕三は思った。その証拠に、千草は裕三がいないときも、餌をやっていたのだ。それに、千草はときどき裕三に、気をつけろ、とか、元鳥越町の方にはいかない方がいいよ、とか口にしていた。

——あの女は、おれのことを守ろうとしてたにちげえねえ。

裕三は、そう思ったのである。

男と女の情ではなかった。姉が弟を思うように、千草は裕三のことを気遣ってくれていたのだ。

——おれも千草も、独りぼっちだったからだろうよ。

裕三は、千草の気持ちが分かるような気がした。

親も姉弟もいない者同士。樽のなかの亀みたいなふたりが、餌をやりながらいつの間にか心を通じあっていたのである。

裕三は板場にいた島蔵から浅蜊のむきみをもらってきて、亀に食べさせた後、極楽屋の前の掘割に持っていって放してやった。

裕三の手から離れた亀は澱んだような水面を勢いよくくぐり、すぐに水中に姿を消してしまった。

6

極楽屋の飯台で、四人の男が顔を突き合わせていた。平兵衛、右京、島蔵、孫八である。土間の隅の木箱の上に置いてある行灯に灯が入り、男たちの顔をぼんやりと照らし出している。男たちの前には銚子と猪口が並んでいたが、あまり酒は進んでいないようだった。

「それで、四ツ谷の親分の正体は知れたのか」

平兵衛が訊いた。

右京が千草を斬ってから三日経っていた。この間、島蔵は孫八を連れて四ッ谷に足を運び、その正体を探っていたのだ。

「分かりましたぜ。おれが睨んだとおり、京極屋甚兵衛の縄張を継いだ男で、名は京極屋吉次郎。甚兵衛の片腕だった男でして」

島蔵はギョロリと目をひからせていった。行灯の灯に斜から照らされ、閻魔のような大きな顔が赭く浮き上がっていた。

島蔵によると、四ッ谷で遊び人や博奕打ちから話を聞いて、吉次郎のことが分かったという。吉次郎は京極屋の名を継いだだけでなく、ちかごろは四ッ谷から京橋、赤坂、品川あたりまで勢力をひろげ、甚兵衛のころより羽振りがよくなっているそうである。

「吉次郎は、品川の賭場を子分の栄二郎にまかせていたようでしてね。そこの用心棒をやっていたのが森口らしい。その後、関谷が品川にあらわれ、森口たちといっしょになったようです」

「それで、関谷の正体は知れたかね」

平兵衛が訊いた。

「やはり、旦那が斬った関谷佐之助の弟らしいですぜ。江戸へもどってきたのは兄の敵を討つためだ、と口にしていたのを聞いた者がおりやした」

「うむ……」

平兵衛は驚かなかった。胸の内に、関谷はあのとき逃げた片割れではないかとの思いがあったからだ。

島蔵は、低い声で話をつづけた。

「吉次郎は、栄二郎のところへ腕のいい殺し人がふたりそろったことで、浅草や深川の方へ縄張をひろげようと色気をだしたようです。それで、手駒だった千草と弥三郎もくわえて、こっちへ乗り込ませたんでしょうよ。……吉次郎の肚《はら》にも、関谷と同じように殺された甚兵衛の敵を討ちてえとの思いがあったんじゃァねえかとみてやすが」

「そうかもしれん」

平兵衛は、栄二郎や関谷たちが殺し人や地獄宿の者に仕掛けてきた背景が分かった。右京と孫八も腑に落ちたらしく、ちいさくうなずいていた。

「ところで、品川の賭場へ出入りしていた博奕打ちから小耳に挟んだんですがね。関谷は腰車とかいう妙な剣を遣うそうですぜ」

「腰車……」

下段から腰のあたりを斬り上げてくる剣であろう、と平兵衛は察知した。腰車という名がついているらしい。関谷の必殺技にちがいない。

「やつは、この先も旦那を狙ってくるでしょうよ」

島蔵が平兵衛に目をむけていった。

「こっちから、先に仕掛けるつもりでいる」

仕掛けられるのは不利だった。それに、関谷ひとりとはかぎらなかった。森口とふたりで襲うかもしれないのだ。

つづけて口をひらく者がいなかった。いっとき店内を静寂が支配していたが、

「ところで、森口の遣う剣のことで何か知れたか」

と、右京が訊いた。右京は森口を斬るつもりでいたのである。

すると、それまで黙って話を聞いていた孫八が、そのことはあっしが、といった。

「やつは、六尺の余はある偉丈夫でしてね。三尺の余もある長え刀《なげ》で、力まかせに斬ってくるそうですぜ。……下手に匕首なんぞで受けようとしても、そのまま斬り下げられちまうとか」

どうやら、巨軀と膂力を生かした剛剣を遣うようである。

「そうか。……まともにやり合わぬ方がいいということだな」

右京はそういうと、飯台の上に置いたままになっていた猪口に手を伸ばした。

「そうそう、せっかく用意したんだ。旦那も、すこしやってくだせえ」

島蔵は慌てて銚子を取り、平兵衛の猪口に酒をついだ。

平兵衛はその酒を飲み干した後、

「それで、先にどっちを殺るな」

と、訊いた。

「森口と関谷でしょうな」

島蔵が、三人の男に目をむけながらいった。

「やつらは、栄二郎と千草がこっちの手にかかったことは気付いてるはずですし、すぐにも、仕掛けてくるかもしれません」

「そうだな。ふたりとも、おとなしく身を引くような手合ではないからな」

平兵衛も島蔵と同感だった。ふたりを斬らねば、おちおち町も歩けないだろう。

「明日にでも、どうです」

右京が事も無げにいった。

「承知した」

平兵衛はそういって、猪口に手を伸ばした。

その指先が、かすかに震えていた。強敵との戦いを意識した気の昂りである。

第六章　死闘

1

「安田さんは、おいでですか」

腰高障子の向こうで、右京の声がした。

流し場で茶を淹《い》れる支度をしていたまゆみが、片桐さまだ、と小声でつぶやき、頬を赤く染めた。

八ツ半（午後三時）ごろ、永山堂にいっしょに行くので、片桐さんが立ち寄ることになっている、と平兵衛からまゆみに伝えてあったのだ。

「入ってくれ」

平兵衛が声をかけた。

すぐに障子があき、右京が顔を見せた。羽織袴姿で二刀を帯びていた。御家人か江戸勤番の藩士といった格好である。

「度々、失礼して申し訳ござらぬ」

右京は、振り返ったまゆみと顔を合わせると、丁寧に頭を下げた。

「い、いえ、いいです。すぐ、お茶を淹れますから」

まゆみは声をつまらせてそういったが、すぐに流しの方に顔をむけてしまった。心の動揺を右京に気取られないようにしたのだろう。

「いい刀が見つかるといいんですがね。やはり、兼定《かねさだ》なんぞがよろしいんでしょう」

平兵衛は、咄嗟に頭に浮かんだ刀工の名を口にし、もっともらしく話しかけた。

「ええ、兼定でも兼石《かねいし》でも、気に入った刀があればいいんですが……」

右京も真面目な顔をして、話を合わせている。

だが、兼石などという刀工は聞いたことがない。どうやら、右京は刀鍛冶に関する知識は薄いようだ。

右京が上がり框《かまち》に腰を下ろしていっときすると、まゆみが茶を運んできて、右京の膝の脇に置いた。

「今日はゆっくり見てきたいので、すこし遅くなるかもしれません。まゆみどのをひとりにして、まことに申し訳ないのだが……」

右京は殊勝な顔をしていった。

「ど、どうぞ、お気兼ねなさらずに。父が遅いのは、いつものことですから」

ちょっとぶっきらぼうな調子になったのは、胸の高鳴りを抑えながらしゃべったせいだろう。

「それでは、出かけますかな」

平兵衛は脇に置いていた来国光を手にして立ち上がった。

「おいしいお茶でした」

そういって、右京がまゆみに背をむけると、

「片桐さま、またいらっしゃってください」

と、まゆみが蚊の鳴くような声でいった。

右京は、ええ、また、寄らせてもらいますよ、といい残して戸口から出ていった。

平兵衛が右京につづいて外へ出ようとすると、

「父上、気をつけて……」

と、まゆみが小声でいった。右京だけでなく、父のことも気にかけてくれたようである。

「まゆみもな、心張り棒を忘れるな」

平兵衛は、いつもの台詞《せりふ》を残して戸口から出ていった。

路地木戸をくぐり、表通りへ出たところで、

「気を遣わせてすまぬな」

と、平兵衛が右京に声をかけた。

右京は、平兵衛がまゆみに心配させずに家を出られるよう長屋まで迎えに来てくれたのである。

「いえ、いいんです」

右京は独《ひと》り言のように小声でいった。何を思っているのか、まゆみの前で見せた微笑は消え、いまは表情のない虚無的な面貌《おもて》にもどっている。

竪川沿いの道をしばらく歩くと、一ツ目橋のたもとに立っている孫八と裕三の姿が見えた。平兵衛と右京を待っているのである。

裕三に声をかけたのは平兵衛だった。裕三が関谷を討つのは無理だが、匕首でひと突きだけでもさせて兄の恨みを晴らさせてやりたかったのである。

裕三は目を剝いて、体を顫わせていた。異様に気が昂《たかぶ》っているようだ。

「わしと同じだな」

平兵衛は、ほれ、見てみろ、といって、裕三の顔の前に両手をひらいて見せた。

両手が小刻みに顫えている。いつもそうだった。強敵と戦う前になると、真剣勝負に対する怯えと異様な昂りで、体が激しく顫えだすのだ。

ただ、関谷との戦いまでにはまだ間があるので、それほどの高揚ではなかった。手が顫えているだけである。

「旦那でも、そうなんで……」

裕三は笑おうとしたらしいが、顔が奇妙にゆがんだだけだった。

「まいろうか」

平兵衛はそういって、歩きだした。

一ツ目橋を渡り、大川端にある御舟蔵の裏手に出たとき、

「旦那、やりますかい」

といって、孫八が手にした貧乏徳利を持ち上げて見せた。

孫八は、平兵衛が戦いの前に興奮を鎮めるため酒を飲むことを知っていて、用意してくれたようである。おそらく、極楽屋から持参したものだろう。平兵衛は佐賀町へむかう途中で、酒を買い求めようと思っていたのだが、その必要はなさそうだ。

「ありがたい。だが、まだ早いようだ」

平兵衛は気が昂るのはこれからだと思った。

御舟蔵の裏手を抜けると大川端に出た。対岸の日本橋の家並のむこうに陽がまわり、川面が茜《あかね》色を映してかがやいていた。

夏の大川は賑《にぎ》やかだった。客を乗せた屋根船や猪牙《ちょき》舟が盛んに行き交い、豪勢な屋形船も見られた。波音にまじって三味線や鼓の音がひびき、うろうろ舟の物売りの声などが絶え間なく聞こえてくる。

川下の永代橋の上には大勢の涼み客の姿が見え、大川端の通りにも団扇《うちわ》を手にした浴衣《ゆかた》姿の町娘や単衣《ひとえ》を裾高に尻っ端折りした若者などの姿が見られた。仏頂面《ぶっちょうづら》をして歩く四人に、訝《いぶか》しそうな顔をむけて通り過ぎていく者もいる。

「あっしらだけが、他人《ひと》さまとまるでちがう場所を歩いてるような気がしやすぜ」

歩きながら、孫八がいった。

「わしらは、地獄へむかっているのかもしれん」

平兵衛がつぶやくような声でいった。右京と裕三は無言で歩いている。

永代橋のそばで、花火が上がった。まだ、辺りは日没前で明るく、乾いた音がひびいただけである。花火職人が試みに打ち上げてみたのか、気の早い客が注文したのか。それでも、橋上にいた涼み客から歓声と笑い声が起こり、華やいだ気分を盛り上げていた。

その永代橋がすぐ間近に見えてきた。佐賀町にある関谷と森口の隠れ家は、もうすぐである。

　四人は隠れ家へつづく路地から一町ほど離れた路地をまがった。その路地の先にちいさな稲荷があり、人目を逃れて待機するにはちょうどいい場所だった。孫八が、見つけていた場所である。まだ、隠れ家を襲うには早かった。それに、ふたりが隠れ家にいるかどうか確認しなければならないのだ。

　檜《ひのき》の杜でかこまれた稲荷の祠《ほこら》の前に集まると、

「それじゃァ、あっしが様子を見てきやす」

　そう言い残して、孫八が足早に稲荷を出ていった。

2

　陽が沈み、稲荷の狭い境内に夕闇が忍んできていた。平兵衛は祠の前の石段に腰を落としていたが、しだいに体の顫えが激しくなってきた。顔もいくぶん蒼ざめ、表情もこわばっていた。間近に迫った関谷との戦いに体が反応しているのである。

「だ、旦那、でえじょうぶですかい」

　平兵衛の様子を見て、裕三が不安そうに訊いた。

裕三の顔もさっきより蒼ざめ、顫えが激しくなっている。

「だいじょうぶだ。わしには、これがあるからな」

平兵衛は、孫八からあずかった貧乏徳利を膝の上に抱えるようにして持っていた。

右京は平兵衛に顔をむけたが、何も口にしなかった。何度も平兵衛とともに修羅場をくぐってきた右京は、平兵衛の戦いの前の異様な怯《おび》えと興奮を知っていた。

平兵衛が、裕三、と声をあらためていった。

「おまえは、関谷の左脇へつけ。……いいか、わしが突けというまで、何もしてはならんぞ。関谷との間は二間ほど取れ、匕首を腹のところで構えていてな、わしが、突け、と声をかけたら、関谷の脇腹を目掛けて突き込むのだ」

気が昂っているせいであろう。平兵衛の声には、喉につまったようなひびきがあった。

「へ、へい」

裕三も目を剝き、うわずった声で返事した。

「なに、関谷は討ち取れる」

平兵衛がそういったとき、通りから走ってくる足音がし、孫八がもどってきた。

「いやすぜ、関谷と森口が」

息をはずませながら、孫八がいった。

「ふたりだけか」

平兵衛が訊いた。

「へい」

「よし、やろう」

平兵衛は立ち上がった。すこし背の丸まった体が激しく顫えている。特に両腕がひどかった。筒袖の両袖が揺れるほどの震えである。

「旦那、その前に酒を」

孫八が困惑したような顔をしていった。

「分かっている」

平兵衛は手にした貧乏徳利の栓を抜くと、喉を鳴らして一気に飲んだ。五合ほども飲んだであろうか。徳利を離し、フウーと大きく息を吐いた。

いっときすると、蒼ざめていた平兵衛の顔に朱が差し、萎《しお》れていた植物が水を得たように活力と覇気が全身にみなぎってきた。双眸が鋭いひかりを放ち、丸まっていた背中が伸びたように見えた。

「見るがいい」

平兵衛は片手を裕三の前にひろげて見せた。

震えはとまっている。

平兵衛の胸をおおっていた真剣勝負に対する怯えや恐怖が霧散していた。それだけではない。敵を恐れぬ豪胆さが、腹に満ちてきたのだ。

裕三は豹変した平兵衛の姿を見ていくぶん安心したのか、さっきより顫えが治まったようである。

「まいりましょうか」

右京が声を抑えていった。右京もいくぶん高揚しているようである。

道筋は暮色に染まっていた。細い路地の両側に軒を連ねる裏店は板戸をしめていたが、まだどの家も起きているらしく、人声や物音が聞こえてきた。ただ、通りを行き交う人の姿はなく、ひっそりとしていた。

頭上にはかすかに空の青さが残っていて、星はまだ輝きを見せていなかった。

長屋を囲った板塀の間を抜けると、急に視界がひらけ、空地や藪などのつづく寂しい地に出た。その一角に、板塀をまわした仕舞屋があった。

「あれで」

孫八が立ち止まって仕舞屋を指差した。かすかに、灯が洩れている。森口と関谷は起きているようである。

「あそこで、支度をしよう」

平兵衛は念のために、仕舞屋からは見えない笹藪の陰に歩を進めた。右京たちも跟《つ》いてきた。笹藪のそばに身を寄せた平兵衛は、ぶら提げてきた徳利の酒をさらに二合ほど飲み、口に含んだ酒を来国光の柄に勢いよく吹きかけた。

右京は羽織を脱ぎ、刀の下げ緒で襷をかけて両袖を絞り、袴の股立《ももだち》を取った。孫八と裕三は着物を裾高に尻っ端折りし、両袖をたくし上げた。

十六夜の月が出ていた。辺りは夜陰につつまれ、頭上の星もかがやきを増している。

「行こう」

平兵衛が声をかけた。

四人は足音を忍ばせて近付き、枝折り戸の前まできて板塀の陰に身を寄せた。

「あっしが見てきやす」

そう言い残して、孫八が枝折り戸から灯の洩れている庭の方へまわった。

孫八は夜陰にまぎれて音もなく、家のそばに近付いていく。孫八は丈の低い雑草の茂った庭先に身をかがめ、手招きした。おそらく、庭に面した座敷に森口と関谷がいるということだろう。

平兵衛たちも足音を忍ばせて、孫八のそばに近寄った。

障子に行灯の灯が映り、くぐもったような男の話し声が聞こえた。座敷にふたりいるようである。

「ここに、おびき出そう」

平兵衛が声を殺していった。様子の分からない他家へ侵入して戦うのは不利だった。それに、行灯の火を消されると闇につつまれ、仲間同士で斬り合うことにもなりかねないのだ。

右京と孫八が無言でうなずいた。裕三は、ゴクリと唾を飲み込んで目を剝いただけである。

「関谷兵之助、森口重左衛門、姿を見せろ」

平兵衛が立ち上がって声を上げた。

すぐに、座敷で人影が動き衣擦れの音がしたが、急に動きがとまり、静寂が辺りをつつんだ。ふたりは外の気配をうかがっているらしかった。

「地獄屋の者だ」

平兵衛が低い声でいった。

すると、ふいに障子があき、巨軀の男が姿を見せた。髭をたくわえた鍾馗のような顔だった。森口である。その背後に、関谷らしい男の姿もあった。

「四人か。大勢でかからねば、われらふたりが斬れぬか」

酒でも飲んでいたのか、森口の顔は赭黒かった。平兵衛たちを見つめた双眸が炯々《けいけい》とひかっている。

「相手するのは、われらふたりだ」

平兵衛は脇にいる右京に目をやった。

「老耄《おいぼれ》と若造か。よかろう、相手してやろう」

森口は、すばやく袴の股立を取った。関谷も背後で股立を取ったようである。

「関谷、安田を斬れ！」

叫びざま、森口が座敷から庭先に飛び下り、右京の前に走った。

同時に、平兵衛たち四人が散った。平兵衛と右京はお互いが刀が揮えるように左右に走り、裕三と孫八がその後ろにまわった。

関谷が姿を見せた。霊巌寺のちかくで、仕掛けてきた男である。蒼ざめた面長の顔に総髪が垂れ、平兵衛を見つめた細い目が異様なひかりを放っていた。餓狼《がろう》を思わせるような不気味な雰囲気をただよわせている。

「関谷兵之助か」

「いかにも」

関谷はゆっくりとした足取りで、庭先へ下りてきた。動きはゆったりとしていたが、全身から痺れるような剣気を放射していた。多くの真剣勝負を通して身につけた剣気であろう。

「兄の恨みを晴らそうというのか」

「そうだ。斬らねば、老耄の遣う虎の爪が頭から離れぬからな」

関谷は低い声でいい、抜刀した。

3

平兵衛は逆八相に構えた。虎の爪の構えである。

対峙した関谷の構えは、腰を落とした低い下段だった。通常の下段とそれほど変わりはなかった。

平兵衛と関谷との間合は三間ほど。まだ、斬撃の間からは遠い。

裕三は関谷の左手にまわり、匕首を手にしていた。腰が引けて、切っ先が震えている。戦力にはなりそうもなかった。

関谷は裕三の存在を意識していないようだった。平兵衛を見つめた双眸が餓狼のようにひかっている。平兵衛にだけ全神経を集中させているのだ。

平兵衛が全身に気勢を込め、関谷との間合をつめようとしたときだった。

ふいに、関谷が動いた。屈むように右肩を前に出してやや半身になり、刀身を前に突き出すように構えたのである。

——これが腰車の構えか！

異様な構えだった。

右肩が斬ってくれといわんばかりに隙《すき》だらけだった。しかも、平兵衛の虎の爪は敵の右肩口へ逆袈裟に斬り下ろす太刀なので、もっとも斬りやすい格好である。

——嵌め手だ！

と、平兵衛は察知した。

肩口へ斬り込ませようとする誘いにちがいない。迂闊に虎の爪を仕掛ければ、敵の罠に落ちるであろう。平兵衛は逆八相に構えたまま動けなかった。

関谷が足裏を擦るようにして、ジリジリと間合をつめてきた。そのまま下から突き上げてくるような威圧がある。

平兵衛は下がった。

関谷は間をつめてくる。平兵衛は斬撃の間の外に身を置いたまま下がった。裕三がひき攣《つ》ったような顔をして、関谷の左手についてくる。

すぐに、平兵衛の背が板塀に迫った。

――これ以上、下がれぬ。

平兵衛は、虎の爪を仕掛けるしかないと思った。

平兵衛の全身に一撃必殺の気魄がこもり、刺すような剣気が放射された。突如、平兵衛が前に疾《はし》った。

迅《はや》い。刀身が、月光を反射《はね》て皓《しろ》くひかり、平兵衛の姿が地をすべるように関谷に急迫する。

平兵衛が斬撃の間境に迫ったとき、関谷がわずかに刀身を上げた。瞬間、平兵衛は関谷の切っ先が下腹部を突いてくるような気配を察知した。

ヤアッ！

鋭い気合を発して、平兵衛が逆八相から斬り込んだ。

右肩口へ。虎の爪の鋭い斬撃が弧を描いて関谷を襲う。

――斬った！

平兵衛は感知した。

と、関谷は跳ね返るように上体を起こし、肩先一寸の差で平兵衛の切っ先を逃れた。次の瞬間、平兵衛の腰元へ関谷の切っ先が伸びてきた。迅速な反応である。

刹那、平兵衛は背後に跳んだ。

かるさんが裂け、平兵衛の腰に疼痛《とうつう》がはしった。間一髪、深手は逃れたが、皮肉を浅く裂かれたようだ。

平兵衛はすばやく後じさり、関谷との間合を取った。

——これが、腰車か！

恐るべき必殺剣である。

「すこし浅かったか」

そういった関谷の口元に、うすい嗤いが浮いた。虎の爪を破ったという思いがあるのかもしれない。


そのとき、右京は森口と対峙していた。

右京は青眼。ゆったりとした身構えで、敵の喉元に切っ先をつけている。

対する森口は、切っ先で天空を突くように高く上げた八相だった。二尺の余もあろうかと思われる剛刀が月光を反射《はね》て、まばゆいほどにひかっている。その大きな構えには、巨岩で押してくるような威圧と迫力があった。

両者はしばらく動かなかった。

気攻《きぜ》めである。右京の柔と森口の剛。

痺れるような剣の磁場が、ふたりをつつんでいる。

孫八も動かなかった。いや、孫八は動けなかったのである。森口の左手後方で匕首を構え、隙があれば飛び込んで森口に匕首をあびせるつもりでいたが、両者の気魄に圧倒されてしまったのだ。

時が過ぎた。数瞬か、それとも小半刻（三十分）も対峙していたのか。右京には時間の意識はなかった。

そのとき、森口が動いた。趾《あしゆび》を這うようにさせ、すこしずつ間をつめ始めたのだ。右京は、森口の巨軀がおおいかぶさってくるような気がした。

右京は森口の威圧に耐えたまま動かなかった。森口の寄り身に合わせるように切っ先をかすかに下げただけである。

森口の左足が斬撃の間境を越えた。刹那、森口の構えに斬撃の気配が起こり、全身が膨れ上がったように見えた。

同時に、右京も動いた。

タアリャァ！

トオッ！

両者の気合が静寂をつんざき、体が躍動した。

森口の剛刀が刃唸りをたてて八相から袈裟に。凄まじい斬撃である。

右京は左手に体《たい》をひらきながら、切っ先を稲妻のように森口の左籠手《ひだりこて》へ伸ばす。森口の剛剣を受けずに、籠手を狙ったのだ。

次の瞬間、両者は交差し、反転して、ふたたび構え合った。

森口の左手の甲から血が流れ、右京の着物の肩口が裂けて、肌に血がにじんでいる。お互い切っ先が浅くとらえたのである。

両者の動きは、それでとまらなかった。間髪をいれず、森口が間合をつめ、八相から袈裟に斬り込んできた。右京は初手より大きく左手へ体をひらきながら、身を前に屈めるようにして切っ先を伸ばした。

森口の刀身は右京の肩先をかすめて空を切り、右京のそれは森口の手の甲を深くえぐった。右京の動きが一瞬迅《はや》かったのである。

右京と交差した森口は、反転しようとして体をひねった。そこへ、孫八が脇から飛び込んできて匕首を脇腹に突き立てたが、腹の肉を浅くえぐっただけである。

「孫八、離れろ！」

叫ぶなり、右京が踏み込んだ。

孫八が背後に跳び、右京が刀身を横一文字に払った。

森口の鍾馗《しょうき》のような顔がゆがみ、太い首根から血がほとばしり出た。右京の切っ先が森口の首根をとらえたのである。

だが、浅かった。皮肉を裂いただけのようだ。

「おのれ！」

森口は右手だけで刀を振り上げ、血だらけの凄まじい形相で斬り込んできた。

タアッ！

右京が正面から幹竹割《からたけわ》りに斬り下ろした。

鈍い骨音がし、森口の顔が縦に裂け、頭頂の裂け目から血と脳漿《のうしょう》が飛び散った。

ぐらっ、と森口の体が揺れ、巨木でも倒れるように仰向けに倒れた。森口はぴくりとも動かなかった。その巨体から血の噴出する音が、かすかに聞こえるだけである。

右京の白皙が返り血を浴びて赤く染まっていた。胸の高鳴りを抑えるように、右京は大きく息を吐いていた。その顔が物悲しくゆがんでいる。

4

「だ、旦那ァ」

裕三が不安げに顔をゆがめていった。腹のところで構えている匕首が月光を反射《はね》て、笑うように揺れている。体が激しく顫《ふる》えているのだ。裕三は平兵衛が不利とみて、さらに動揺したようだ。

平兵衛は無言だった。臆してはいなかった。脇腹に浅手を負ったが、勝負に影響するような傷ではない。強敵を前にした剣客《けんかく》の本能なのかもしれない。平兵衛の全身に野獣のような闘気がみなぎっていた。

ふたたび、平兵衛は逆八相に構えた。あくまで虎の爪で勝負するつもりだった。

一方、関谷も低い下段に構えていた。腰車の構えである。やや半身になり、刀身を前に突き出すように構えた右肩に隙があった。

——あの右肩を斬ったら、こっちが斬られる。

平兵衛は、そう感知していた。

両者の間合はおよそ三間。関谷が、足裏を擦るようにして間合をつめ始めた。さっきよりやや腰を浮かせ、刀身をわずかに高くしている。

——間合だ！

と、平兵衛は察知した。

関谷は上体をかしげて刀身を前につき出す加減で、間合を遠くみせたり近く見せたりしているのだ。この奇妙な下段は、防御しづらい腰部を下から斬り上げる体勢であるとともに、間合を読み誤らせる利もあるようだ。

突如、平兵衛が仕掛けた。

イヤアッ！

甲声《かんごえ》を発し、逆八相に構えたまま前に疾《はし》った。一気に、斬撃の間境に急迫する。

この動きに反応し、関谷がわずかに刀身を上げた。腰車の太刀さばきである。

と、平兵衛が斬り下ろした。

斬撃の間の外だった。

キーン、という金属音とともに青火が散り、ふたつの刀身が上下に撥ねた。なんと、平兵衛は関谷の刀身を狙って斬り下ろしたのである。

瞬間、関谷の体勢がくずれ、わずかに前に泳いだ。上体を前に屈ませ、刀身を前に突き出す構えは重心が不安定だった。その欠点を平兵衛はついたのである。

タアッ！

短い気合を発して、平兵衛は二の太刀を撥ね上げた。

一瞬の反応である。その切っ先が、前に泳いだ関谷の側頭部をとらえた。火花のように血が散り、片耳が飛び、髪の毛のついた肉片が削げ落ちた。

ギャッ、という絶叫を上げ、関谷は左手で側頭部を押さえた。出血が激しい。見る見る関谷の顔が赤い布を張ったように真っ赤に染まっていく。

関谷は上体を激しく振りながら吠えるような叫び声を上げた。狂乱し、刀を構えることも忘れている。

「突け！　裕三」

平兵衛が叫んだ。

その声に弾かれたように、裕三は目をつり上げて体ごとつっ込んできた。

無我夢中で突き出した裕三の匕首が、関谷の脇腹に深々と刺さった。そのまま、ふたりは体を密着させ、揉み合うように動いた。

関谷は獣のような唸り声を上げ、裕三も何かわめいている。関谷の側頭部から流れ出た血が裕三にもかかり、ふたりは血まみれになっていた。

「裕三、匕首を抜け！」

平兵衛が声をかけると、裕三は関谷の体を肩で突き飛ばして後ろに身を引いた。その拍子に裕三の踵《かかと》が何かに当たったらしく、よろけて後ろに尻餅をついた。裕三は起き上がる余力もないらしく、血塗《ちまみ》れた匕首を両手で握りしめたままワナワナと顫えている。

関谷は唸り声を上げながら、いっときつっ立っていたが、ふいに腰からくだけるようにその場に倒れた。

「旦那、やりやしたね」

孫八が駆け寄ってきた。

「ああ、そっちは」

「こっちも片が付きましたぜ」

見ると、右京が血まみれになって立っていた。その足元に、森口の巨軀が倒れている。

「始末がついたようだな」

そういって、平兵衛はひとつ大きく息を吐いた。すると、平兵衛の顔をおおっていたけわしい表情がスッと消え、好々爺のような面貌《おもて》になった。体も萎れたように丸まり、いつもの頼りなげな平兵衛の姿にもどった。

孫八は、尻餅をついている裕三のそばに行き、しっかりしねえか、と声をかけて助け起こしてやった。右京は物憂いような表情のまま固まった顔の血を、指先で落としている。

辺りは静かだった。四人の男たちを夜陰がつつみ、大気のなかに血の濃臭がただよっている。

5

掛け行灯の灯《ひ》が落ちていた。店の前の植え込みや籬《まがき》をぼんやりと照らしている。四ッ谷、麴《こう》町《じ》にある桂野屋《よしのや》という料理屋だった。老舗らしく、松や梅を配した庭があり、落ち着いたたたずまいを見せている。

すでに、四ッ（午後十時）は過ぎていたが、まだ客がいるらしく二階の座敷から灯がもれ、男の濁声や女の嬌声などが聞こえてきていた。

「やつらが店に入って、二刻（四時間）ちかく経つだろう」

島蔵が、傍らにいる孫八に声をかけた。島蔵の後ろには平兵衛の姿もあった。

島蔵たちは、桂野屋の斜向かいにある下駄屋の板塀の陰にいた。下駄屋は板戸をしめ、寝静まっている。

三人は、そこに一刻（二時間）ほど前からひそんで店先を見張っていたのだ。

平兵衛たちが関谷たちを斬った翌日だった。

「すぐに動いた方がいい。京極屋は関谷と森口が殺られたことを知れば、用心して外にも出なくなりますぜ」

との島蔵の謂《いい》に従い、朝のうちから京極屋吉次郎を始末するために四ツ谷に乗り込んできていたのだ。

そして、六ツ（午後六時）ごろ、吉次郎が貸元をしている賭場を見張っていた孫八から、

「吉次郎は、賭場を出て桂野屋へ入《へえ》りやしたぜ」

という連絡を受けたのだ。

そのとき、島蔵と平兵衛は同じ麴町にあるそば屋で腹ごしらえをしていたのだが、すぐに孫八とともに桂野屋に足をむけた。

三人は桂野屋のことは知っていた。以前、島蔵と孫八とで四ツ谷の親分のことを探りに来たとき、吉次郎がよく利用する店だということを耳に入れていたのだ。

「それで、吉次郎はひとりか」

道々、島蔵が訊いた。

「いえ、子分がふたりついていやす。それも、腕っ節の強そうなのが」

孫八がいった。

「なに、おれたちも三人だ。それに、こっちには安田の旦那がいるんだ」

島蔵は、ひさしぶりに、おれも匕首を遣ってもいいぜ、と目をひからせながらいった。そして、三人は桂野屋の店先の見えるこの場にひそんで吉次郎たちが出てくるのを待っていたのである。

「まさか、用心して裏口から出たわけじゃァあるめえな」

島蔵が苛立った声でいった。

「そりゃァねえと思いやす。やつは、まだ関谷と森口が殺られたことは知らねえらしく、用心してる様子はありませんでしたぜ」

孫八がそう応えたとき、桂野屋の玄関先で女の笑い声が聞こえた。

見ると、女将《おかみ》らしい年増とふたりの女中に送られて、縞の着物に絽羽織《ろばおり》姿の大店の旦那ふうの男が姿をあらわした。その後ろに、町人体の男がふたり従っている。

「やつが、吉次郎ですぜ」

島蔵が平兵衛の方に顔をむけていった。

五十がらみだろうか、中背で鼻梁の高い男だった。子分のふたりは筋肉のひき締まった体をし、剽悍な顔付きをしていた。

吉次郎が何か冗談でもいったのか、女将の、いやですよ、歳《とし》なんですから、という声が聞こえ、女中たちが笑った。

吉次郎は何か女将に声をかけ、機嫌よさそうに店を出た。子分のひとりが提灯を手にして吉次郎の前に立ち、もうひとりは後ろに従った。

月夜だったが、麹町の道筋は暗かった。道の両側を表店が軒を連ね、その影が道をおおい闇溜まりのようになっていた。

先を行く提灯の灯が、深い闇のなかにくっきりと浮かび上がっていた。寝静まった通りに、吉次郎たちの足音だけがやけに大きくひびいている。

島蔵たち三人は、足音を忍ばせて尾け始めた。尾行は楽だった。提灯の明りがいい目印になったし、闇が深く足音さえ消せば気付かれる恐れはなかったからである。

吉次郎たちは、甲州《こうしゅう》街道へ出て大木戸の方へむかった。吉次郎の住居のある塩町《しおちょう》へ帰るようである。

「旦那、酒は」

歩きながら、孫八が声を殺して訊いた。

「見てみろ。震えておるまい」

平兵衛は、片手をひらいて孫八に見せた。

「それほどの相手ではないと、おれの体は知ってるんだよ」

「へえ。てえしたもんだ」

孫八は感心したようにいったが、顔には不可解そうな表情もあった。

「街道じゃァ仕掛けられねえな」

島蔵が小声でいった。

人通りがまったくないわけではなかった。ときおり、夜鷹そばや飄客《ひょうかく》などが通り過ぎていく。だれかに目撃され、騒がれる恐れもあったのだ。

「先まわりしやしょう」

孫八がいった。

吉次郎の住居は、街道から二町ほど入った静閑な地にあるという。その途中で待ち伏せようというのだ。

「それがいい」

島蔵がいった。

孫八が先にたち、島蔵と平兵衛が後にしたがった。

6

そこは、町家と雑木林や畑などが混在している地だった。辺りは寂寞として、小径に人影はなかった。頭上は満天の星空である。どこかで、梟《ふくろう》の啼き声がした。畑の先の雑木林のなかにいるらしい。

「あれが、吉次郎の住居《やさ》で」

孫八が前方を指差した。

見ると、半町ほど先に生け垣をまわした家があった。仕舞屋だが、旗本の別邸か富商の寮のような落ち着いたたたずまいである。

「ここらで、待ちやしょう」

島蔵が路傍の笹藪の前で足をとめた。前が丈の低い雑草におおわれた空地になっていて、身を隠すにも戦うにもいい場所だった。

島蔵と孫八が前から、平兵衛が後ろから仕掛けられるようにすこし離れて身を隠した。

待つまでもなかった。三人が身をひそめていっときすると、通りの先に提灯の明りが見えた。

足音とともに、しだいに近付いてくる。

吉次郎たちは何か卑猥な話でもしているのか、下卑た笑い声が起こり、その度に提灯の明りが弾むように揺れた。

平兵衛の前を、吉次郎たち三人が通り過ぎていく。

五、六間離れたとき、提灯の灯の前に黒い人影がふたつ飛び出した。島蔵と孫八である。すでに、ふたりとも匕首を手にしているらしく、人影の手元がにぶくひかっていた。

「てめえら、どこの者《もん》だ！」

提灯を手にした子分のひとりが叫んだ。

ほとんど同時に、吉次郎の後ろにいたもうひとりの子分が前に走った。

――いまだ！

平兵衛は藪の陰から飛び出し、一気に吉次郎の背後に駆け寄った。

そのとき、子分のひとりが手にした提灯を路傍に投げたらしく、ボッと音をたてて燃え上がった。その炎の明りのなかに、走り寄る平兵衛の姿が夜走獣のように浮き上がった。

「後ろだ！　こっちからも来やがった」

吉次郎が後ろを振り向いて叫んだ。

だが、子分が後ろへまわることはできなかった。すでに、島蔵と孫八がふたりの子分と向かい合っていたのだ。

「だれだ！　てめえは」

吉次郎は、目をつり上げて誰何《すいか》した。鼻の高い面長の顔が、炎に照らされて般若《はんにや》のように見えた。

「わしらは鬼だ」

いいざま、平兵衛は抜刀した。

「地獄屋の者だな」

吉次郎は、ふところに手をつっ込んで匕首を取り出した。用心のために持ち歩いていたのだろう。

平兵衛は刀を逆八相に構えると、一気につっ走った。小柄だが、野獣が獲物に迫るような迫力がある。

イヤァッ！

斬撃の間の手前で、裂帛《れっぱく》の気合を発した。

吉次郎はその気魄と迫力に気圧されて腰が引け、匕首を前に突き出すようにして平兵衛の斬撃を受けようとした。

来国光が一閃した。

渾身の一刀は吉次郎の匕首をはじき飛ばし、右の肩口から入って左脇へ抜けた。虎の爪の凄まじい斬撃である。

吉次郎の絽羽織を斜に截断し、ひらいた傷口から血飛沫が散った。生暖かい返り血が平兵衛の顔にかかった。

吉次郎は絶叫を上げてのけ反り、よろめいて路傍の叢に足を取られて転倒した。

燃え上がった提灯の炎が消えかかっていた。黒い幕を下ろすように夜陰が吉次郎をつつみ込み、月光がひかりを増してくる。その夜陰のなかから、唸り声と血の噴出音がかすかに聞こえてきた。

平兵衛は、血刀をひっ提げたまま倒れた吉次郎の方に歩を寄せた。仰臥した吉次郎は動かなかった。絶命したらしい。赭黒くひらいた傷口に、月光を受けた肋骨が見えた。截断された骨が、猛獣の爪のように白く浮き上がっている。

そのとき、数間離れた場所で何か倒れたような大きな音と呻き声が聞こえた。見ると、ふたりの男が折り重なるように倒れていた。孫八と子分のひとりらしい。

孫八が殺られたか、と平兵衛は思った。

「孫八！」

声を上げて、平兵衛が走り寄った。

すると、上になっていた男が脇へ転がり、むくりと孫八が起き上がった。孫八は、ハァ、ハァ、と荒い息を吐きながら、

「手間を、とらせやがって」

といいながら、近寄ってきた。

元結《もとゆい》が切れたらしくざんばら髪で、顔が赭黒く染まっている。ひどい顔だった。下から相手の心ノ臓でも刺して、血を浴びたようだ。

「孫八、見られた顔じゃァねえぞ」

そこへ、島蔵が血塗《ちまみ》れの姿で歩み寄ってきた。

島蔵も似たような格好だった。てこずったらしく着物の片袖が取れ、閻魔のような顔が返り血でどす黒くなっている。

「旦那の顔もひでえ。鬼のようですぜ」

島蔵は平兵衛を見て苦笑いを浮かべた。

「わしらは、地獄屋の鬼だよ」

そうつぶやくと、平兵衛は倒れている吉次郎たちに目をむけた。

三体の死屍は闇につつまれて、その姿も識別できなかった。ただ、夜気のなかに血の濃臭がただよっているだけである。

解説――「老いぼれ」ヒーローの登場

小梛治宣《おなぎはるのぶ》（文芸評論家）

本書は、安田平兵衛《やすだへいべえ》を主人公とする「闇の用心棒」シリーズの二冊目にあたる。一冊目は、二〇〇一年から二〇〇三年にかけて『小説ＮＯＮ』に発表された連作六編から構成されていたが、今回は書下ろし長編というスタイルでのお目見えとなった。

祥伝社文庫にはすでに、「鬼哭《きこく》の剣」シリーズ十巻が鳥羽亮の代表作として収められているが、「闇の用心棒」シリーズはそれに次ぐ新シリーズである。それだけに新たな趣向が施《ほどこ》されていることは言うまでもない。その最たるものは、主人公の設定にあった。そのあたりを少し詳《くわ》しく見ていこう。

シリーズ第一話目の「地獄宿」（『闇の用心棒』所収）に次のような描写がある。

〈平兵衛は五十七歳、還暦《かんれき》まであとわずかの老齢である。小柄《こがら》な体の皮膚には肝斑《しみ》がうき、白髪まじりの鬢《びん》はくすんだような灰色をしている。〉

ここからは、平兵衛がシリーズを支えるだけのキャラクターとはどうみても思えまい。現代でも五十七歳といえば、そろそろ定年である。平均寿命が今よりも遥かに短く、人生五十年といわれた江戸時代にあっては平兵衛は完璧に「老人」である。本シリーズは、この「老剣士」を主人公に据《す》えようというのである。

もっとも、池波正太郎の『剣客商売』シリーズの主役・秋山小兵衛も、シリーズが開始されたときの年齢が五十七歳（シリーズ終了時は六十七歳）であった。だが、年齢は同じでも『剣客商売』の秋山小兵衛と、本シリーズの安田平兵衛とでは、そのキャラクターに大きな違いがあるのだ。そこが、「闇の用心棒」シリーズの魅力の源泉でもある。

平兵衛は、かつては「人斬り平兵衛」と恐れられた殺し人《にん》であった。だが、男手一つで育ててきた娘が物心ついてきたのと、歳《とし》で体が動かなくなってきたために、闇の世界から足を洗った。それが十年前のことだ。今は刀の研ぎ師を生業《なりわい》として、十六歳になった娘のまゆみと共に、本所相生町《ほんじょあいおい》の長屋で静かに暮らしている。いわば、隠退した殺し屋、それが平兵衛であった。手の震えが研《と》ぎに影響するため酒も絶っているほどだ。

ところが、十年ぶりに地獄屋から呼び出しがかかった。地獄屋は、表向きは「極楽屋」という一膳めし屋だが、あるじの島蔵《しまぞう》は「殺し」を請負《うけお》う稼業の元締めでもある。その島蔵から「殺し」の依頼が、隠退したはずの平兵衛のもとに舞い込んだのだ。今ごろになってなぜ？　そのあたりの事情は、シリーズ第一弾『闇の用心棒』に詳しいので、ここでは説明を省《はぶ》く。が、平兵衛は、十年間のブランクの後に、再び剣を取るはめになった。封印していた必殺剣『虎の爪』の復活である。

とは言っても、十年間の空白は大きい。リハビリとでも言えそうな、体の鍛《きた》え直しが必要だったのだ。老体をいかに鞭《むち》打てども、息があがってなかなか思うようには体が動いてくれない。これが、何の苦労もなく殺し人としての復活を遂げるようであれば、おそらく読者は平兵衛の「強さ」を実感できなかったはずだ。

このような過程を経て復活したからこそ、シリーズを支えるだけの生命力が、平兵衛に宿ったとも言える。凄味を無くしたはずの「老いぼれ」が、闘いの場になると必殺剣『虎の爪』を振るって鬼と化す、その姿こそ、時代小説の新たなヒーローの登場を予感させるものであった。

鳥羽亮の作品には、始末屋で働く蓮見宗二郎を主人公とした「深川群狼伝」シリーズ（講談社文庫）があるが、本シリーズにはそれとはまたひと味違った「痛快さ」がある。それもまた平兵衛のもつキャラクターとしての個性ゆえであろう。

さて、シリーズ第二弾の本書では、地獄屋の「殺し人」たちが次々と命を狙われ始めた。一人目は首筋、二人目は後ろから袈裟《けさ》に、いずれも一太刀で斬り殺されていた。相手が剛剣の遣い手であることは間違いない。

だが、いったい誰が、何の目的で「殺し人」を次々と襲うのか。元締めの島蔵が地獄宿の連中を使って探りを入れたところ、楢熊《ならくま》なる博奕《ばくち》打ちの親分が浮び上がってきた。島蔵とは以前からあまりうまくいっていなかったようだ。

その楢熊の手下の千次《せんじ》という男が、この件に一枚噛《か》んでいるというので、さっそく口を割らせに地獄宿の三人が向かった。だが、襲撃を相手に読まれていたらしく、二人が斬殺されてしまった。その内の一人は、実戦経験豊富な馬庭念流《まにわねんりゅう》の遣い手だったのだ。向こうには奇妙な剣を遣う牢人がいるらしい。

楢熊が凄腕の牢人を雇って、地獄屋に仕掛けてきたというのか。そうだとすると、殺しの仕事に手を染めていないはずの楢熊の狙いは何か、それが読めないのだ。だが、このままでは地獄屋の存亡の危機となりかねない。元締めの依頼を受けて、平兵衛、右京《うきょう》、孫《まご》八《はち》の三人が動くことになった。

右京も孫八も、前作からお読みになっている方にはすでに御馴染みのキャラクターである。孫八は第一話から平兵衛の相棒として登場し、彼の復活場面にも立ち会った本シリーズには欠かせない面子《メンツ》だ。おもてむきは屋根葺《ふ》き職人ということになっているが、匕首《あいくち》を巧みに遣い、殺しで生計を立てている。平兵衛が隠退する十年前にはすでにこの仕事をしていた。

一方、片桐右京は前作の第三話「群狼斬り」で初めてこの闇の世界の仲間入りをした、いわば「新人」だ。鏡新明智流《きょうしんめいちりゅう》の遣い手だけに、平兵衛と行動を共にするうちに、この仕事もすっかり手慣れてきていた。御家人の冷や飯食いだが、今は長屋で一人暮らしをしている。端整な顔立ちだが、どこか陰があるのは、暗い過去を背負っているためだろう。平兵衛の娘のまゆみが密かに心を寄せているようでもある。

この三人が地獄屋を襲う正体不明の敵に挑む。楢熊の後ろには、どうやらもっと陰険で凶暴な存在が隠れていそうだ。また、奇妙な剣を遣う牢人と平兵衛との間には、過去に因縁《いんねん》があったらしい。果たして、平兵衛の老いたる必殺剣は、『腰車』なる秘剣を破ることができるのか。地獄屋の存亡を賭けた壮絶な闘いの行方は……。

緊張感漲《みなぎ》る場面を、豪胆かつ骨太に描く。凄惨《せいさん》かつ冷酷な世界の、その奥からは温かな情感が源泉のごとく湧き出してもいる。これが鳥羽亮描く時代小説の世界だ。本書でそのあたりを存分に堪能していただきたい。

地獄宿

一〇〇字書評

切り取り線

購買動機（新聞、雑誌名を記入するか、あるいは○をつけてください）	
□（　　　　　　　　）の広告を見て	
□（　　　　　　　　）の書評を見て	
□ 知人のすすめで	□ タイトルに惹かれて
□ カバーがよかったから	□ 内容が面白そうだから
□ 好きな作家だから	□ 好きな分野の本だから

●最近、最も感銘を受けた作品名をお書きください

●あなたのお好きな作家名をお書きください

●その他、ご要望がありましたらお書きください

住所	〒				
氏名		職業		年齢	
Eメール	※携帯には配信できません	新刊情報等のメール配信を希望する・しない			

あなたにお願い

この本の感想を、編集部までお寄せいただけたらありがたく存じます。今後の企画の参考にさせていただきます。Eメールでも結構です。

いただいた「一〇〇字書評」は、新聞・雑誌等に紹介させていただくことがあります。その場合はお礼として特製図書カードを差し上げます。

前ページの原稿用紙に書評をお書きの上、切り取り、左記までお送り下さい。宛先の住所は不要です。

なお、ご記入いただいたお名前、ご住所等は、書評紹介の事前了解、謝礼のお届けのためだけに利用し、そのほかの目的のために利用することはありません。またそのデータを六カ月を超えて保管することもありませんので、ご安心ください。

〒一〇一－八七〇一
祥伝社文庫編集長　加藤　淳
☎〇三（三二六五）二〇八〇
bunko@shodensha.co.jp

祥伝社文庫

上質のエンターテインメントを！ 珠玉のエスプリを！

祥伝社文庫は創刊15周年を迎える2000年を機に、ここに新たな宣言をいたします。いつの世にも変わらない価値観、つまり「豊かな心」「深い知恵」「大きな楽しみ」に満ちた作品を厳選し、次代を拓く書下ろし作品を大胆に起用し、読者の皆様の心に響く文庫を目指します。どうぞご意見、ご希望を編集部までお寄せくださるよう、お願いいたします。

2000年1月1日　　祥伝社文庫編集部

地獄宿《じごくやど》　闇《やみ》の用心棒《ようじんぼう》　長編時代小説

平成17年4月20日　初版第1刷発行
平成20年7月10日　　　第7刷発行

著　者　鳥《と》羽《ば》　亮《りょう》
発行者　深澤健一
発行所　祥《しょう》伝《でん》社《しゃ》
東京都千代田区神田神保町3-6-5
九段尚学ビル　〒101-8701
☎03（3265）2081（販売部）
☎03（3265）2080（編集部）
☎03（3265）3622（業務部）
印刷所　萩原印刷
製本所　積信堂

ISBN4-396-33220-3　C0193

祥伝社のホームページ・http://www.shodensha.co.jp/